捨てられ聖女は優雅に退場いたします

～国の破滅を選んだのは貴方たちです。後悔しても知りません～

ごろごろみかん。

目次

CHARACTER
ベルリフォート
シドゥンゲリアの実弟の第二王子。
亡き者とされていたが、
ミュライアが城から脱出したことを知り、
再び彼女の前に現れて…？
ミュライア
フェランドゥールの聖女。
幼い頃から聖女の責務を成すよう育てられてきた。
平和を願う心優しい性格だが、
一方で自分の意志をはっきり告げる一面も。
シドゥンゲリアが国王になり、
聖女は不要だと追放されてしまう。
ミュライアと行動する精霊たち
炎の精霊
ルクレ
闇の精霊
ビビ
風の精霊
ジレ
水の精霊
ネモ

捨てられ聖女は優雅に退場いたします

～国の破滅を選んだのは貴方たちです。後悔しても知りません～

シドゥンゲリア
若くして即位したフェランドゥール国王。
権力に溺れ、自分に逆らう者は
皆残酷な処罰を下すなど、
権力を行使している。
エライザ
エレアント公爵令嬢で
シドゥンゲリアの恋人。

花を愛する国・フェランドゥールの聖女とは

女神の加護を受け、女神に愛された女神の娘である聖女は、
かつて瘴気に侵された国を救い、人々を助けた救世の使い手である。
しかし、最後に現れたのは二百年ほど前のことでもあり、
聖女の存在はおとぎ話のようにあやふやなもので――？

第一章　精霊はひとならざるもの

「形骸化した聖女など不要だ！　今すぐ、この女を追放すべきだ‼」

大切な話がある、と呼び出しを受けて向かえば、そこは王城の謁見の間。

鎧を纏った近衛騎士が壁際に整列し、玉座には昨年、前国王陛下が崩御され王位を継いだばかりの若き国王がいた。

そして、彼の隣には彼の幼馴染の公爵令嬢の姿が。彼女が勝ち誇った顔をしていた時点で気が付くべきだった、と思うも既に遅い。

私は、真っ直ぐ彼――私の婚約者であるシドゥンゲリア現国王陛下を見つめた。彼の緋色の瞳が、苦々しげに細められる。

「……お言葉ですが、陛下」

「黙れ、お前の発言は許可していない！」

彼がそう叫んだ瞬間、反応した。

私が、ではない。

私とともに常に行動をしている、精霊たちが。

《人間の分際で、なんて振る舞いなの！　弁《わきま》えなさいよ、人間！》

《偉そうに命令してんじゃないわよ！》

様々な色で、淡く輝く精霊たち。

他のひとにには見えていない。

現に、私を睨みつける国王陛下は彼らに気が付いていない。

傍らに寄り添う、彼女も同様だ。

「ねーえ？　シドゥンゲリア。あまり怒鳴ってはかわいそうよ。これでもまだ、貴族なんだから」

クスクス笑う彼女は、あからさまに私を嘲笑した。

未知の力を従え、彼らと相対する私は確かに、悪役に見えるのだろう。

なにも知らない第三者がこの構図を見たら、そう思うのかも。

私は状況がよく掴めず、困惑していた。

「ふん。そんなことはどうでもいい。それより、この女は、聖女などではない！」

《なんですって⁉》

「聖女などという神秘な存在であるものか！　この女はフェランドゥールに害なす毒婦……いや魔女だ！　悪しき魔女は今すぐ国を去れ！」

国王陛下が、そう高らかに叫んだ瞬間。

精霊たちの怒りは最高潮に達し、謁見の間の窓ガラスが粉々に割れた。

第一章　精霊はひとならざるもの

ガシャアアン、と高い音が鳴る。

「わっ……⁉」

驚いたのは私だけではない。

そばに控えていた近衛騎士、大臣たちまでもが狼狽えた声を出した。

「きゃぁああ！　なに⁉」

公爵令嬢が悲鳴をあげる。

「うわああ！　なんだこれはぁ……‼」

咄嗟に顔を庇った陛下もまた、焦った様子だったがすぐに顔を上げた。

「な、なんだ今のは……⁉　お前の力か！　ミュライア！」

と、言われましても。

私の名前は、ミュライア・マティンソン。

花を愛する国、フェランドールに生を受けた貴族の娘。

生まれつき私には、聖女の証があった。

代々聖女は淡い紫がかったラベンダー色の髪をしており、私もまた生まれた時からその髪色をしていた。聖女は必ず現れるわけではない。必要な時に聖女は生まれる。

聖女が必要とされる、それはつまり国が危機に陥ることを意味していた。私が生まれた時、議会は紛糾したと聞く。

災厄の再来、あるいは未知の脅威にさらされるのでは、と見る意見が多く、予測できない未来に恐れを抱く者がほとんどだったからだ。

聖女は救世の使い手。かつて、瘴気に侵されたこの国を救い、ひとびとを救けた人物として知られている。

女神の加護を受け、女神に愛された女神の娘《こ》。最後に聖女が現れたのは二百年ほど前ということもあり、聖女という存在はおとぎ話のようにあやふやで、そして神聖なものだった。

私は、生まれてすぐにシドゥンゲリア国王陛下の婚約者と定められた。

王家としても、聖女を取り込みたかったのだと思う。女神信仰が根付くこの国で、聖女という存在は強力なカードだ。

だからこそ、私は驚いていた。シドゥンゲリア国王陛下が、聖女《わたし》を断罪するなど。聖女は、その実態はどうあれ、民の思想と政治に強く影響を及ぼす存在だ。彼は聖女を追放したことをなんと説明するのだろうか。

彼が、私を睨みつけた。

「早くあの魔女を捕まえろ！」

シドゥンゲリア国王陛下がそう叫ぶが、未知の力に近衛騎士も腰が引けているように見えた。

彼らには精霊が見えない。

そして、聖女に【救済の力】があるという話はこれまで半信半疑だったのだろう。だけど実際に目の当たりにして、怯えている。無理もない、と思う。

私はシドゥンゲリア国王陛下を見た。

彼は、玉座の背もたれにしがみつくようにして私を見ている。

「……聖女が、魔女」

私は呟くようにそう口にした。

シドゥンゲリア国王陛下に向かい、一歩足を踏み出す。かつん、と高いかかとが謁見の間に音を鳴らした。

「そう仰るからには、なにか確信がございますの？」

「しゃ、しゃべるなと言ったはずだ！」

彼は、動かない。

隣に控える彼女も、先ほどの精霊の力を目の当たりにしたためかすっかり腰を抜かしてしまっている。

エライザ・エレアント。黄金の髪が美しい彼女は、シドゥンゲリア国王陛下の恋人だ。私も、彼女の存在は知っていたし、彼らの仲を阻むつもりもなかった。

私は、シドゥンゲリア国王陛下の愛を求めない。

私は、彼のパートナーとして、よき相談相手として、【国を率いる】という仕事をともに執り行う仲間だと思っていた。

そこに、愛はない。愛はないから、エライザ様と彼の関係に口を出すつもりはなかった。

私は生まれつき聖女だった。

聖女だからこそ、きっと王太子妃、あるいは王妃以外の何者にもなれない。そう思っていた。

だけど、だからこそ。私にしかできないこともまた、あるはずだ、と。

そう思っていたし、そう思いたかった。

そして、それは口には出さずとも、シドゥンゲリア国王陛下もそう思っていると信じていた。

（……信じていたのに）

私は、私の周りを浮遊する精霊に目を向ける。彼は私を悪しきものだと言った。

聖女は、救世の力を使うからこそ聖女と呼ばれる。

だけど国を亡ぼす力を使うのであれば、それは同じ力でもきっと悪の力だ、と言われるのだろう。

そして、シドゥンゲリア国王陛下は私を悪だと断じて、私を聖女ではなく魔女に仕立て上げようとしている。

「陛下にとって、この子たちは悪の下僕、といったところなのでしょうか？　聖なる精霊であるこの子たちを、陛下は魔物の類と仰る？」

私の言葉にシドゥンゲリア国王陛下の顔が引きつった。

精霊たちはひとを愛し、ひとを守り、そしてフェランドールを見守ってきた。シドゥンゲリア国王陛下には見えない存在とはいえ、魔物扱いされることは寂しく、悲しかった。

　シドゥンゲリア国王陛下が目を剥いて叫ぶ。

「お前は聖女の力と偽って、自分の都合のいいように力を使っただろう⁉　エライザがそこまで憎いか？　お前は、私を愛しているんだろう。だからエライザが憎くて……」

　突拍子もないことを、彼は言った。あまりにも予想外の言葉の数々に、私は面食らった。

（自分の都合のいいように力を……？　私が？）

　そんなこと、した覚えはない。

《はあ？　なにそれ！　ミュライアはそんなことしてないわよ！》

《そんなの、お前の妄想だろー！　妄想癖野郎！》

　精霊が口々に言い、ようやく我に返る。なにか、勘違いをされている気がした。

「お言葉ですが、私はそのようなことは――。いえ、その前に、私は陛下をお慕いしておりません」

「なんだと⁉」

　やってないことをやってないと証明するのは、かなり難しい。悪魔の証明だ。

　だから私は、そもそもエライザ様を憎む理由がないことを口にした。途端、シドゥンゲリア国王陛下が顔を真っ赤に染める。

「お前は嘘つきだ！　私のことが好きで好きでたまらないのだろう。いいか、多少の悋気《りんき》はかわいげがあっても、行きすぎた嫉妬は見苦しい！　愛憎に囚われ、罪なき女を殺そうとするなど聖女のやることとは思えない！　つまり、お前は魔女なのだろう！　聖女の名を騙った反逆者が！」

「殺……!?　なんの話をされているのですか。私はエライザ様とお話しする機会もまったくありませんでした！　それに言ったはずです。あなたに興味はないと！」

国王相手に言いすぎな気もしたが、こうでもしないと無罪を主張できない。そして、その言葉は決して嘘ではない。私の言葉に、なぜだかますますシドゥンゲリア国王陛下の顔が赤くなる。今にも湯気が出そうだと思った。

「嘘つきの言うことなど誰が信じる！　お前の言葉はすべて嘘だ‼　それ以上、私に近付くな！　おい、そこの騎士、お前は騎士だろう！　私を守らないか‼」

怒声を浴びて、ようやく騎士が我に返ったように動き出す。

シドゥンゲリア国王陛下の言葉に精霊たちが、怒りを露わにしている。

精霊たちは素直だ。

人間と違い、感情を隠す、偽る、ごまかす、ということはしない。

好きなものは好き。

嫌いなものは嫌い、ととてもわかりやすい。

そして彼らは――聖女と呼ばれた愛し子が、その道を踏み外さない限りは、心からの愛を、聖女に、ひとに、注いでくれる。私は内心、ため息をついた。対話が意味を成さないからだ。これ以上ここで問答してもきっと意味はない。

なぜなら、彼は私の言葉を一切信じず、すべて嘘だと決めつけているから。私の言葉をはなから信じる気がないひとと対話など、するだけ無駄だ。

信頼を裏切られ、私は彼に失望していた。

「つまり、陛下は、私を排したいということですの？　エライザ様が大事だから、悪である私を排除する。陛下は私を魔女と仰いますが、対外的に聖女という立場にある私を追放などして、ほんとうによろしいのでしょうか」

私の言葉に、なぜだかシドゥンゲリア国王陛下が得意げに笑ってみせる。未だ玉座に縋りついている姿ではあるが、妙に余裕がありそうだ。

「跪いて、許しを乞え。そうすれば多少温情を与えてやっても――」

「結構です」

私は即答した。なぜ私が許しを乞わなければならないのだろうか。覚えのない罪を許してほしいと懇願するほど、私にプライドがないように見えるのだろうか。

「では、陛下の仰せの通り私は消えてさしあげましょう。私からの最後の贈り物です。陛下とエライザ様の、少し早い結婚祝いとでも思ってくださいませ」

あなたが私を邪魔だと言うのなら。

私を悪だと決めつけるのなら。謂れのない罪を真実だと信じ、私を切り捨てるつもりなら。

私もまた、すべてを捨てようと思う。さようなら、シドゥンゲリア国王陛下。

私たちの婚約には愛はなかった。だけど、ともに国を背負うものとして協力していけると思った。どうやらそれは私の勘違いだったようだけれど。

「今、ここで私はミュライア・マティンソンの名前を捨てましょう。あなたの婚約者の席も、お返しします」

ですから、と私は言葉を続けた。

ドレスのリボンに繋げていた巾着から、ナイフを取り出す。

昔、彼から――シドゥンゲリア国王陛下からいただいたものだ。

これを、彼は覚えているだろうか。

あれは、私が社交界デビューした日の夜のことだった。バルコニーに私を連れ出して、彼がこれをくれたのだ。

愛し子というのは、聖女というのは、この国、フェランドゥールにとっては絶対的なもの。

私を利用する輩が現れないとも限らないから、とそう言って、彼は私にこれを託した。

そのナイフで、私は今、断ち切る。

シドゥンゲリア国王陛下との婚約も、彼と築いた過去の記憶も、彼との関係も、すべて。

柄を掴んで刀身を露わにすると、目の前に立つ近衛騎士が私の手首を掴もうと身を乗り出してくる。

それを避けて、私はひと息に髪を切った。

ざく、という重たい音。

ラベンダー色の髪をひと纏めにして、切ってみせた。

淡い紫の髪が舞う。

「な……!?」

シドゥンゲリア国王陛下と、その隣で蹲《うずくま》るエライザ様の顔に驚愕の色が浮かんだ。

貴族の娘が髪を切ることは、すなわち貴族令嬢としての死を意味する。

昔、戦いが絶えなかった頃は、死の直前に女性は遺髪を、男性は剣を残すことが一般的とされていた。有名なオペラには、城を落とされる直前、女主人が髪を切り、それを従者に持たせるというシーンがある。それもあって、貴族の令嬢が髪を切るのは死を前にした時と言われている。

もう私は、社交界には戻れないだろう。

それでいい。

そうしたいからこそ、私は髪を切った。

エライザ様が、信じられないものを見るような目で私を見る。それは得体の知れない、魔物でも見るような顔だった。

実際、信じられない、と思っているのだろう。

私は腰まで伸びていた淡い紫の髪を、まるで馬のしっぽのように掴むと、ずいっとシドゥンゲリア国王陛下に差し出した。

何本か、手からこぼれた髪が舞う。

「エライザ様と、シドゥンゲリア国王陛下。どうぞ、お幸せになってくださいませね」

にっこりと、微笑んでみせた。

きっと、私自身納得のいく、綺麗な笑みになったことだろう。

そのまま髪を投げ出し、踵《きびす》を返したところで、我に返ったシドゥンゲリア国王陛下が叫んだ。

「ま、待て！　ミュライア‼」

待てと言われて、誰が待つと思っているのだろうか。

「きゃあぁ！　シドゥンゲリア！　私、怖いわ……。魔女に呪われてしまったのかもしれない」

エライザ様の甘ったるい声が聞こえてくる。

エライザ様は、自分が呪われるに値する人間だと思っているようだけれど――。

正直彼女を呪うほど、シドゥンゲリア国王陛下にも、エライザ様にも、興味がない。

そのまま無視して謁見の間を出ようとすると、彼がまた叫ぶ。

「え？　あ、おい！　ミュライア。お前が嫉妬する気持ちはわかる。だけど、エライザは関係ないだろ？　命乞いをするなら話くらいは……」

シドゥンゲリア国王陛下はどうしても私がエライザ様に嫉妬したことにしたいようだった。なぜなの。私たちの婚約に愛はなかったじゃない。それは当事者のシドゥンゲリア国王陛下がいちばん理解しているはず。

これ以上の対話は無意味で、生産性がない。

大理石の床に、かかとの音が高く響く。謁見の間を出たところで――国王の命令を正しく聞き届けた近衛騎士が、私の前に立ち塞がった。

緊張を帯びた顔をして。

「……陛下のご命令です。ミュライア子爵令嬢を、拘束するように、と」

「あなたは私が怖くないの？　……魔女と呼ばれた私が」

先ほど、精霊の力を目の当たりにし、謁見の間にいる多くの人間が腰を抜かしていた。

精霊は、安易にひとを傷つけたりしない。決して彼らは悪しきものではない。

それはほんとう。だけど、今それを証明する術を私は持たないし、近衛騎士たちに信じてもらったところで、彼らの指揮権を持つのはシドゥンゲリア国王陛下だ。私を捕縛することには変わりない。

私の問いに、挑発されていると思ったのだろうか。近衛騎士が顔を歪めた。苦々しく、それでいて憎悪すら感じるその瞳。彼もきっと、私を魔女だと思っている。

聖女の名を騙る、悪しき魔女だと。だからこそ、私を罰するのは正しいと、当然だと思っている。怒りのためか、目の前に立つ近衛騎士が顔を赤くした。

「……あなたを拘束します。ミュライア・マティンソン」

手首を取られ、縛《いまし》められる。

私の周りを取り囲む精霊が、その暴挙にいきり立った。

《最低だわ！　ミュライアがいったいどんな思いで……！　長年尽くしてあげたと思ってるの！》

そう叫ぶのは、風を司る精霊、ジレ。

《恩を仇で返すとはまさにこのことだわ。こんなことって……こんなことってない！》

続く発言は、水を司る精霊の、ネモだ。

《結婚祝い……。結婚祝い……そうだわ！》

炎を司る精霊、ルクレが、ふわふわとその姿を揺らしながら思いついたように言った。

《私たちからも、祝・福・の呪いを授けてあげるわ。喜びなさい、人間！》

「な――」

嫌な予感がした。

（呪い？　呪いって……なに⁉）

近衛騎士を初め、もちろんシドゥンゲリア国王陛下にも、エライザ様にも、彼らの声は聞こえないのだから。

私は、彼らと縁を切りたいと思ったけれど、彼らに報復する気はない。

――しかし、精霊たちはそうは考えないようだった。

精霊は、愛し子と定めた聖女をいちばんに想ってくれる。その気持ちは、過保護と言っていいくらい。神の使いである彼らは、人間とは違う。どこまでも神に近しい視点と考え方を持っている。彼らが報復として呪いをかけるのもきっと、天罰のひとつ程度に考えているのだろう。

「待って！　ねえ、落ち着いて。私、そこまでしてほしくな――」

私が止める間もなく、精霊たちが古語を使い、呪文を唱えた。

「ευτυχίες」

精霊の力は、強大だ。

だからこそ、代々王族は、精霊の声を聞ける聖女を大切に慈しんできた。

聖女に反旗を翻されるようなことがあっては困るからだ。

《精霊《わたしたち》からも祝福を！　呪いになるか、お祝いになるかは、あなたたち次第だよ！》

ふわふわと飛ぶ精霊たちから、光が放たれる。それは一直線にシドゥンゲリア国王陛下とエライザ様に向かっていった。ふたりを包んだ後、光はすぐに収束する。

近くを飛ぶ闇の精霊、ビビを見ると、くるりと紫の光が回った。

《祝福だよ。僕たちが贈る、最高の祝福！》

それがなにか聞きたかったが、その前に私は近衛騎士に急かされてしまった。

拘束すると言っていたので、どこかしらの部屋かなにかに軟禁されるのだろう。

そこからは隙を見て、逃げるとして——。

精霊たちがかけたという、祝福。

(呪いとも言っていたし、どういうものなのかしら……。後で聞いてみないと)

彼らの魔法がシドゥンゲリア国王陛下たちに悪い作用を及ぼさないといいのだけれど。


ガシャン、と目の前で鍵がかけられる。

連れていかれた先は、地下牢だった。

私以外にひとはいないから静かだが、地面の一部が変色していたり、石壁は黒く焦げた跡などがあり、なかなかにおどろおどろしい。

それでも落ち着いていられるのは、ひとえに私を取り囲む精霊たちのおかげだ。

彼らは、くるくると自身の色を纏いながら私の周りを浮遊している。精霊たちがどんな姿なのかは、私もまた、知らない。私には色を伴う丸い光にしか見えないが、彼らの話を聞くに、精霊にはまた別の姿があるようだった。だけどそれは精霊同士、あるいは神に纏わるものにしか見えないようだった。

《ちょっとぉ！　なにここ。早く出ちゃいましょ、ミュライア！》

怒ったようにくるくる回るのは、炎を司る精霊、ルクレだ。
私は彼女を見て苦笑する。
「そうね……。隙を見て逃げようとは思ってるのだけど」
《そうだよ。こんなところにいたらミュライアは殺されちゃうよ？　あの男、命乞いって言ってた！　それに、なんか目が嫌！》
《私もそう思ったわ。ねえ、ミュライア。逃げましょう？》
水の精霊、ネモの言葉に頷いて答える。
《ミュライアには俺様たちがついているんだから、クヨクヨするんじゃねーぞ！　さっさとこんな国捨てて、旅しよう！　旅！　俺、肉がうまいって有名な隣国に行きてぇなぁ！》
《ビビ！　旅行じゃないのよ。もっとミュライアに寄り添って……！》
《うわ、なんだよ、ジレ。いいじゃんか。ミュライアも肉、楽しみだよなぁ？》
いつからお肉巡りの旅行をすると決まったのだろうか。
いつだって我が道を行くビビはブレない。
そして、そんなビビは滅多に怒らない風の精霊ジレからいつもお小言をもらっている。
私がため息をついて、精霊ふたりの喧嘩の仲裁をしようとした時だった。
かつん、とかかとを鳴らす音がする。
ハッとして顔を上げると、先ほどまでシドゥンゲリアに泣きついていた女性がいた。

エライザ様だ。

黄金の髪を煩わしそうに後ろにはらい、彼女は私を睨みつけている。

「ご機嫌いかが？　聖女サマ」

「……あまりよくありませんわ。なにしにいらっしゃったの？」

《そうよ！　帰れ帰れ！　山に帰れ！》

いきり立って周囲をぐるぐる回る精霊たちを目配せで落ち着かせる。

もっとも、彼女が帰る先は山ではなく公爵邸ではあると思うけれど。

「お前が死ぬ前に、聞いておこうと思って」

だから、私は追放されるのではなかったの。

いつ死刑と決められたの。

そう思ったがそれを尋ねるより先に、彼女が鋭い瞳を私に向けた。

「ベルリフォートはどこ。お前ならわかるのではないの？　その怪しい力を使って調べなさいよ」

なんて偉そうなんだ。

とてもひとにものを頼む態度とは思えない。

だけど、エライザ様にとって私はもう死ぬことが決まった人間に見えるのだろう。

だからこそ、配慮もなにもない。

ベルリフォート、というのは、シドゥンゲリア国王陛下が処刑した実弟、ベルリフォート・フェランドゥールのことを言っているのだろうか。

（それしかないわよね……）

ベルリフォートなんていう名前を持つひとを、私は彼しか知らない。

「亡くなられたとお聞きしましたが……生きていらっしゃるのですか？」

「あんた、ばかぁ？　自分がひとに聞ける立場だと思っているの？　まったく、図々しい。これだから格下の貴族と話すのは嫌なのよ。私まで格が下がっちゃうじゃない」

エライザ様が眉を寄せ、吐き捨てる。

シドゥンゲリア国王陛下の前とはずいぶん違う態度だが、これが彼女の素なのだろう。

「知らないならいいわ。もうお前に用はない。さっさと死んでしまいなさい。お前が行くのは地獄でしょうけど？　地獄での旅路がよきものとなるよう、ささやかながらお祈りしてるわ」

「…………」

「なによ、その目。私はね、あんたのそのラベンダー色の髪を見るたびに、いらいらして仕方なかったの。ただの迷信に囚われた我が国も愚かだけど、周りに褒めそやされて、持ち上げられていい気になるお前もお前よ。聖女だかなんだか知らないけど！　たかが子爵家の身分で、偉っそうに‼　残念だったわねぇ、お前に王妃の席はやらないわ！　その席にふさわしいのは、この私よ！」

エライザ様の言葉を聞いて、私は少し考えた。

私は、偉そうにしていただろうか。

王太子妃にふさわしく在るように努めてはいたけれど。

私の髪は、ラベンダーの色合い。

遠目から見てもすぐにわかる、淡い紫の髪だ。

この特徴的な髪は、聖女の証だという。

考え込んでいると、私の無言が気に食わなかったのか、エライザ様は最後に大きく「ふん！」と鼻を鳴らし、いきりたって牢を後にした。

《……あの女、殺しちゃわない？》

くるりと、水色の光がふわふわ踊る。水の精霊、ネモだ。

私はその言葉にぎょっとした。ネモはおっとりしていて、精霊たちの中でもいちばん落ち着いているように見えるけれど、時々驚くほど思考が過激になる。私は首を横に振って答えた。

「殺すのはだめ！　いつも言ってるでしょ。腹が立つから、嫌いだからって理由でひとを排除していったら誰もいなくなってしまうわ。それに……ううん、それより早く、ここから出る方法を考えないと」

エライザ様の言葉に、意外にも腹は立たなかった。

彼女も彼女できっと、囚われているのだろう、と思ったから。立場や、肩書きといった重りに。王妃の席に執着する姿はどこか痛々しくもあった。

時間感覚はまったくないが、外を見てきた精霊たちが夜になった、と教えてくれた。

まず、見張りの男の意識を闇の精霊の力で刈り取り、風の精霊の力で錠を開ける。

私は呆気なく、牢から出ることに成功した。


風を司る精霊、ジレは、静かで控えめで、優しい性格をしている。

精霊たちが口論になった時、仲裁に入るのはいつも彼女だ。滅多なことでは、彼女は怒らない。

幼い頃、私は彼女を優しいお姉さんのように思っていた。

水を司る精霊、ネモは、優しくて落ち着いているが、実は誰よりも気性が激しい。静かに怒りを募らせるタイプだ。

幼い頃、私が悲しんだり、辛いことがあったりするたびに、彼女は優しく慰めてくれた。そして、そのたびに彼女は私を悲しませた人間を静かに抹殺しようとしていた。怒らせたら、いちばん怖い精霊かもしれない。

炎を司る精霊、ルクレは美容やオシャレに関心がある精霊で、闇の精霊のビビとは犬猿の仲だ。

闇を司る精霊、ビビは、お調子者だ。

精霊の中でもいちばんマイペースで、よく縦横無尽に飛んでいる。思ったことをそのまま口に出す精霊なので、ルクレとはよく喧嘩になっている。

私は彼の明るさを、羨ましく思っていた。

外に出ると、空はすっかり夜の帳が降りていた。

（これからどうしよう？）

長い髪はもうシドゥンゲリアに切って渡したのだし、事実上【聖女ミュライア】は死んだも同然だ。今ここにいるのは、なにも持たない、ただのミュライア。

（とりあえずここにいたら殺されちゃう……）

そう思って、城から出るために、城に囲まれる形の庭園を突っ切ることにした。

ふと、庭園で咲き誇る薔薇が目に入った。思い出すのは、祈りを捧げた日々。

（ここで、よく祈りを捧げたっけ）

フェランドゥールは、花を愛する女神の国だ。

だからこそ、聖女と呼ばれる私も、日々王城の花園で祈りを捧げる必要があった。

この花園は、聖女のために作られた、女神に祈りを捧げる場所。ここに咲く花々は、何百年と咲き誇っているという。

女神の花と名高い薔薇が、宵闇にあっても美しく咲き誇っている。他にも花は数種類、ともに植えられているが、王城の薔薇は特別だった。王城の薔薇は、女神が生み出した花と呼ばれている。真偽は不明だが、フェランドールに住まう者なら誰もが知る、王城の薔薇。フェランドールの国旗にも描かれ、国花でもある。王城の薔薇は、フェランドールが他国に誇る歴史的価値のあるものであり、フェランドールを象徴する存在でもあった。

（もうこの花たちを見ることは叶わないけれど、ここで捧げた祈りの時間は、忘れないようにしよう）

これが最後。そう思いながら、感傷めいた感情が胸に去来した、直後。

――ゴオオオ！

突如として、火柱が宵闇を裂くように高く上がった。

「――!?」

息を呑み、驚いて顔を上げる。

精霊たちが、動揺するようにくるくる、くるくる回った。

《あつーい！　なにー!?》

《あちち！　俺様の綺麗なマントが焦げちまったぜ！》

《急に服が燃えたわ！　こんなこと今までなかったのに！》

《ねえ、ミュライア！　あそこにひとがいるわ!!　あの人間が火を放ったのよ！》

精霊がそれぞれ声高に叫ぶ。ジレの言葉で、私は庭園に自分以外の人間がいたことを知った。

夜の庭園はひっそりとしていて、まさかこんな時間にひとがいるとは思わなかった。

高い火柱が上がったために、周囲も明るくなる。

赤い炎の足元には――ひとりの男が立っていた。

手には、松明が握られていた。

どうやらそれで、放火したようだ。

男の顔を見て、私は驚きのあまり、その名を呼んだ。

「シドゥンゲリア国王陛下……」

黒髪が、炎の赤に照らされて闇のような色を纏っている。彼は、私を見ると実に愉快そうに笑った。

「なにを……！」

悲鳴のような声が出る。

花を愛する国、フェランドゥール。その国王が、まさか自ら……！　女神のために、と造られた花園をその手で燃やすなんて。千年もの間、綿密に受け継がれてきた花園は彼にとっても、いや、王である彼こそがもっとも大切するべきものなのに。

「なにをなさっているのですか……‼」

掠れて、引きつった声が出た。

彼は楽しそうに嗤うと、松明を投げ捨てた。

「この花がなければ、聖女は力を使えない。ほんとうか？」

「ご自身がなにをなさっているのか、理解されていますか!? この花を燃やすなど……!いったいなにを考えて!?」

確かに、花園を燃やされたことは精霊たちに少なくない打撃を与えたようだ。

いつもより、彼らの光はちいさくなってしまっている。

「なにって、ただの花の手入れだよ。こんなに花があると、どうしたって虫が湧く。それなら一気に燃やしてしまった方が効率がいいだろ？」

「なんという愚かなことを！　この花が我が国にとってどれほど価値あるものか、陛下が知らないはずがないでしょう!?」

「愚か？　愚かだと言ったか？　この、俺を！　フェランドゥールの国王である俺を！　……ミュライア。お前はずっと、長年、俺を見下してきたな。【他の人間とは違うんです】というような顔をして――自分より劣る人間を見て、楽しかったか？　王太子と同じくらい褒められ、他人に賞賛され、聖女サマ、と呼びかけられる日々は楽しかったか？　聞いているんだ、俺《おれ》は」

それを聞いて、ハッとした。

――知らなかった。

彼が、私をそんな風に思っていたこと。彼は、もしかしてずっと私を目障りに思っていたのだろうか。私が聖女という立場に胡坐をかいて、権力をいいように行使しているようにしか、見えなかったのだろうか。

衝撃だった。

愕然とした。

……悲しかった。

そのように見られていたことを、そのようにしか、見てもらえなかったことを。

（私は……今まで、国のために、民のために聖女としての義務を果たしてきた。私にしかできないことがきっとあると、そう、信じて……）

でも、ともに助け合い、協力し合って国を率いるのだと、そう思っていた彼に届いていなかった。私の気持ちは、想いは、感情は、なにひとつ。

それがあまりにも悲しくて、そして、悔しい。

彼は、いらだたしそうに肩を揺らした。

鬱屈とした怒りを感じる。動揺のあまり、私はなにも言えなかった。

「図星か？　たかだか子爵家に過ぎない生まれのくせに、思い上がりやがって！　俺とおまえではすべてが違う。俺と対等だと思うなよ！」

「私、私は――」

なにか言おうとして、なにを言えばいいかわからなかった私の耳に、ネモの声が届く。

《ミュライア、早く火を消した方がいいわ。一度失われたら王城の薔薇は……。とにかく、大変なことになる》

その言葉に、我に返った。

（そうだわ、今は押し問答をしている場合じゃない。一刻も早く火を消さないと……！）

悲しみも、悔しさも、苦しみも、味わうのは後でいいはずだ。まず今。やらなければならないことがある。

「陛下！　早く火を消してくださいませ！　あなたが正しく花を愛する女神の国、フェランドゥールの国王だというなら……今すぐに！」

「でないと天罰が下るとでも言いたいのか？　くだらない！　女神なんていないんだよ！　見えないものを、あたかも存在するとでもいうように振る舞うこの国の因習には飽き飽きしていたんだ。その古臭いカビの生えた考えを、俺の代で正してやる！」

「な――」

「お前は聖女なんかじゃない。忌まわしい魔の力を、見せかけだけ聖なるもののように見せているに過ぎない、詐欺師だ！」

「っ……ずっと、ずっとそう思っていたのですか⁉　私の力は偽物で、聖女の力は悪しきものだと……⁉　あなたはずっと！」

私が糾弾すると、シドゥンゲリア国王陛下は眦《まなじり》を吊り上げた。

ギラギラと私を睨みつけ、彼が吠える。

「お前は身のほど知らずにも俺に説教しようというのか⁉　俺は……俺は、たかが聖女に生まれたというだけで当然のように俺に指図するお前が、心底嫌いだったよ‼」

シドゥンゲリア国王陛下が、なにかに合図をするように手を上げる。

瞬間、背後から刃物がぶつかるような音がした。

まさか、と血の気が引く。後ろを振り返るとそこには、均等に横一列に並べられた近衛騎士がいた。

その手には、銃が。

照準は——おそらく、私。

「どうして……」

陛下が、私の命をこうも直接狙ってくるとは思わなかった。甘かった。

彼は私を謁見の間に呼び出した時から——いや、もしかしたらそのずっと前から。私を殺そうとしていたのだ。

私がシドゥンゲリア国王陛下を見ると同時、彼が獲物をいたぶるような嗜虐的な笑みを浮かべた。

「殺すなよ、生け捕りにしろ！」

そんな無茶な、とは近衛騎士の意見だろう。彼らの間に動揺が走る。それも束の間、彼がついに号令をかけた。

「撃て‼」

「──!」

《きゃああミュライア‼》

ネモの悲鳴が聞こえてきた。同時に、ジレが早口に言った。

《許せない。許せないわ！　もう無理‼》

大量の銃声が鳴り響く。咄嗟に顔を手で庇ったその時、眩い光が視界を焼いた。

「……⁉」

眩しさのあまり、目を開けていられない。それはシドゥンゲリア国王陛下も同様だったようで、呻き声が聞こえてきた。

「ぐわああ！　な、なんだこれは！」

眩いばかりの光の中、ジレの声がひと際はっきりと聞こえた。

《能力解除《オープン》！　風を司る主神たる母に願います。今こそ、力を我に！》

「待って、ジレ、なにをする気なの⁉」

尋ねるが、光とともに、キィン……という刃同士がぶつかったかのような甲高い音が鳴り、声が届かない。夜の帳が降りた庭園が白く染まる。

風を司る精霊、ジレが口上を述べるのを皮切りに、他の精霊もまた、自身の能力を解放した。

眩いばかりの視界の中、煌めきに似た流星が迸《ほとばし》った。

それは一瞬のことだった。光が収まり、ふたたび庭園に闇が戻る。

（なにも……起きない？）

そう思った、直後。

ごろごろ、と雲が荒れた。

白い光が雷鳴を連れてきて、劈《つんざ》くような爆音が響く。

――ドッゴォオオン！

地響きのような爆音だった。

（なに……⁉　雷……⁉）

あまりの轟音に、思わず耳を塞ぐ。王城の窓ガラスが割れているのか、遠くから甲高い音が次々に響く。続いて、土砂降りの雨が降り始めた。

あまりにも暴力的な変異だった。

顔を上げることすらままならない、大雨だ。突風が起き、風の音が地鳴りのようにごうごうと鳴る。

とにかく、すべてがひどい有様だ。

当然、シドゥンゲリア国王陛下もその近衛騎士も撤退する他ない。

先ほどまで穏やかだった夜の庭園は、たった一瞬で、とんでもなく危険な地帯と化してしまった。

風があまりにも強すぎて、足にしっかり力を込めていないと、そのまま転んで倒れてしまいそうなほどだ。

風が様々なものを巻き込んで吹いているためだろう。頭や頬に、土や葉がぶつかって仕方ない。

《ど、どうしよう……!?　やりすぎちゃったかも……！》

ジレの申し訳なさそうな声が聞こえ、ほんの少し、風の威力が弱まる。

この暴風は風の精霊、ジレの力によるものだろう。

《こういう、いつも大人しい優等生ぶったやつに限って、キレるとまずいんだよねぇ……。

ミュライア、大丈夫？》

続いて聞こえてきたのは、水を司る精霊、ネモ。

ふわふわと揺れる精霊たちの気配はひどく優しい。

「だ、だめかも……わぁっ!?」

しゃべった途端、口になにか入った。見れば、なにかの植物の根っこのようだ。

ネモが力を使う。そのおかげで、暴力的な雨も少しマシになったように思える。なんとか、目を開けることができた。

（いったい、なにがどうなって……）

辺りを確認しようとして――目を見張る。

目の前にあった薔薇の庭園が――ものの見事に、消失している。

「え…………」

《あ、気が付いた？　でもほら、もうミュライアはフェランドゥールを出るわけだし、もうあれ、いらなくない？　さっきは火をつけられたから、ちょっとびっくりしたけど――まぁ、あれがないくらい、私たちには関係ないから！》

くるくる、と回るのは炎の精霊、ルクレ。

呆然とする私に、さらに闇の精霊、ビビが言う。

《そーだよ！　どーせあの男も燃やそうとしてたんだろ！　そんなことより早く逃げよう！ひとがいない今がチャンスだぜ！》

確かに、ビビの言う通り。逃げるのなら今が絶好のチャンス。

しかし――今まで、十年以上、祈りを捧げてきた庭園がこうも塵と化してしまったことに驚きを通り越して、呆然としてしまう。フェランドールの象徴だった、王城の薔薇園が……。

《ミュライア……？　ごめんなさい。やっぱり、怒ってる……？》

私がずっと黙っていたからか、怒りを爆発させ、大魔法を使った風の精霊、ジレが悲しそうな声で尋ねてきた。

見れば、他の精霊もしょんぼりと――しているのか、いつもより低い位置でゆらゆら揺れていた。

「……確かに少しやりすぎだとは思うけど」

でもそれで私が助かったのは事実だ。

ちらりと周囲を見回すが、ひとに被害はなさそうだった。きっと、注意してくれたのだろう、と思う。

「行きましょう。ビビの言う通り、逃げるなら今しかないわ」

第二章　こんなにも空は青くて、広い

精霊たちの力を借りて、私は城を出た。

フェランドゥールの王城は、崖の上に建てられているので、下りる時は非常に楽だ。

王城は、有事の際に備えて、切り立った崖に建てられたと聞いている。

途中途中で、足を取られて転がり落ちないように気を付けながら下山していると、城下町の街門が見えた。

それと同時に、東の空から太陽が昇っていた。朝焼けだ。

初めて、外で日の出を見た。真っ赤な、燃えるような太陽。朝は少し気温が低く、森にいるためか空気が清涼だ。

なにもかもが新鮮で、心臓がどきどきする。素人が夜の森に入るなど自殺行為だが、精霊たちの助言で無事抜けることができた。

《ミュライア、足痛くない？》

ジレの言葉に私は首を横に振った。

「大丈夫、まだ歩けるわ」

枝の先が引っかけたり、草葉がかすったりして細かい傷はたくさんあるけど、初めて目にする世界への興奮と期待で、あまり気にならなかった。

城門をくぐり、城下町へと入る。目に入った光景に思わず、私は声をあげていた。

「う、わぁ……！」

王都ミャマの街は、活気に満ち溢れていた。

馬車が大通りを通り過ぎる。大通りでは市場が開かれているようで、あちこちで売り買いするひとたちの声が聞こえてきた。

「いらっしゃい！　うちのリンゴは新鮮だよ。そこのお兄さん、ひとつどうだい？」

「取れたての卵はどうだい!?　今朝取れたばかりの新鮮な卵だ。ふたつでたった三ギル！」

「どいてどいてー！　急いでるんだ！」

青果屋に卵売り、服や飾りを売るひとたちもいた。大通りの間を、ひとりの少年が駆けていく。賑やかな笑い声に、客引きの声。快活明朗な声があちこちから聞こえてきた。

「すごい……！　街には、こんなにたくさんのひとがいるのね……！」

興奮交じりに私は声をあげた。大声を出して道を空けるよう叫んでいた少年が、私の横を通り過ぎる。こんなに勢いよく駆ける子供を、私は初めて見た。なにもかもが新鮮で、初めて見るものだった。

「なんだい、お嬢ちゃん。王都は初めてかい」

ふと声をかけられて、とんでもなく驚いた。いつの間にか、私の隣には腕まくりをした男性がいた。手には紙袋を提げている。

「は、はい。そうなんです。だからびっくりして」

彼の接近に、まったく気が付かなかった。おそらく私はよほどぼんやりとしていたのだろう。

私の言葉に男性が眉を寄せた。

「お嬢ちゃん、妙にボロボロだな。服、燃えちまったのかい」

指摘されて気が付く。私が纏うドレスのレースは破れ、裾はほつれ泥だらけだ。そしてスカート生地は煤《すす》で汚れきっていた。ドレスというより、平民が着るワンピースのように見えなくもない。注意深く観察されない限りは問題ないだろう。ドレスがボロボロになったのはシドゥンゲリア国王陛下が花園を燃やしたためだが、助かった。これで言い訳ができる。

「焚火をしていたら燃え移ってしまって……。私、昨日王都に着いたばかりなんです」

「焚火に!? 服が焦げるたぁ災難だったな……」

男性は深く尋ねてくることはなかった。それに胸を撫で下ろす。

「俺んトコは串焼き肉を売ってるんだ。今、塩の買いつけの帰りでね。これから店を開けるんだ。よかったら一本食うかい？」

「え……いいんですか？」

「初めての王都だろ？ ならめいっぱい楽しまねえとな！ 王都にまでせっかく来たのに、せっかくのワンピースがそんな有様じゃあ、気分も落ち込むよなぁ。俺の串焼き肉はな、嫌な思い出もぱぁっと吹き飛んじまうくらいうまいんだ」

こっちだよ、と彼は大通りの先を指さした。

(串焼き肉……)

食べたことがない。想像してみるも、ステーキが串に刺さっている光景しか思いつかなかった。どうやって食べるのだろうか。

思えば昨日、呼び出しを受けてからなにも口にしていない。それを自覚すると同時、ぐう、という低い音が鳴る。

「ひゃ……」

驚いて、咄嗟にお腹を押さえる。私のお腹の音を聞いた男性は、大きく口を開けて笑った。

「はいよ！　おまちどお！」

男性についていった先で、彼が焼いたばかりの串焼き肉を差し出してくる。分厚い肉が四枚、刺さっている。甘ダレと肉の焼ける匂いに食欲が刺激された。

手渡された串焼き肉を手に持ちながら、私は困惑する。

「あ、あの……」

恐る恐る男性に尋ねる。精霊たちは一緒についてきているものの、人前だからか静かにしていた。

「うん？」

「これ……どうやって食べるんですか？」

フォークもナイフもない。お皿もない。食べ方がわからず困惑していると、隣で青果を売っている女性が顔を出した。

「なんだい、食べ方がわからないのかい？」

「はい……」

まるで、とんでもなく世間知らずのようで恥ずかしい。頬がジワリと熱を持ち、俯いた。恰幅のいい女性は、胸を張って笑った。

「あんたいいとこの子だね⁉」

「え……」

まずい、このままだと貴族の娘だと気付かれかねない。ただでさえ私は追われている身なのだ。ここで貴族の娘だと気付かれるのは絶対に避けたい。背筋が冷えたが、すぐに彼女は笑い飛ばすようにして言った。

「それはかじりつくんだよ。こうやってね！」

女性が勢いよく手にしたリンゴにかじりついた。しゃく、という軽やかな音がする。

私は瞬いた。食べ物にかじりつくなど――したことがない。

とんでもないことだ。王宮や子爵家でそんなことをしようものなら間違いなく折檻ものだろう。

だけど——だけど。彼女の食べ方は、その食べっぷりは。

見ていてとても気持ちがよく、そして美味しそうだった。

私は手にした串焼き肉に向き直った。

「…………」

そして、えい、と意を決してかじりつく。目を閉じて肉をかじると、途端、ジュワ、と肉汁が口に中に溢れた。

「っ……‼」

思わず、目を見開く。驚く私に、女性がまた明るく笑った。

「いい食べっぷりだねぇ！　見ていて気持ちがいい！　お嬢ちゃん、これも持っていきな。アタシのとこのリンゴは王都一美味しいよ！」

味わったことのない感触に、味覚に茫然としていると、女性が私にリンゴをひとつ、手渡してきた。

「いいんですか？」

尋ねると、女性はまた笑う。

私にはわからないが、きっと母のようなひと、とは彼女のことを指すのだろうな、と思った。

「さっき聞いたけど、王都に来たばかりなんだろ？　ならこれはアタシからのプレゼントだよ。ほら、お食べ！」

私は、手に持ったリンゴを見る。赤くて、つやつやしている。

これを、かじる……。

私はさっき見た女性のように、大きく口を開いて、リンゴにかじりついた。


「美味しかった……」

半ば呆然と呟いた。あんな食べ方をしたのは初めてだ。ドキドキした。今もまだ、胸が音を立てている。初めての経験に頬が火照った。

あの後私は、彼らからもらった串焼き肉とリンゴを食べ、その場を離れた。

（お礼は言ったけど……。また今度会えた時は、なにかお返ししたいな……）

国を追われる立場の私ではあるが、いつか先ほどの恩を返したいと思った。彼らがくれた串焼き肉とリンゴは、とても——とても、美味しかった。

今まで、こんなに美味しいものは食べたことがない。

王城や子爵家で食べる食事の方が、上等な食材を使い、手の込んだ料理だと思う。

しかし、料理人には申し訳ないが、私は美味しいと思わなかった。

マナーに注意し、ひと口分に切り分けた料理はいつも冷め切っていたし、砂を噛んでいるようで味を感じなかった。

食事をする時、いつも私はひとりだった。

精霊たちがいてくれたとはいえ、従僕と侍女、そして家庭教師に見張られた食事はあまりに静かで、孤独だった。

私は、そのまま大通りを歩いた。遠くに城が見える。

それを新鮮な気持ちで眺めた。

私は、物心ついた時から王太子――シドゥンゲリア国王陛下の婚約者だったので、基本、護衛もなしに外を出歩くことは禁じられていた。

私の過ごす場所は、王城か子爵邸の二択だった。

馬車で通る時も、カーテンを閉めていたのでまったく知らなかった。興味津々で周囲を見ていると、くるりと赤色の光が回転した。ルクレだ。

《ねえ、ミュライア。外はとっても素敵ね》

彼女の言葉に私は頷いて答えた。

「……私、もっと外が知りたいわ」

周囲に視線を走らせてひとが見ていないことを確認すると、私はさらに言葉を続けた。

「あんなことになったのはとても残念だけど……。でも、結果的にはこれでよかったのかも、と思ってしまうの。……不謹慎かしら」

濡れ衣を着せられ、訳もわからず殺されそうになった。

長年、私の存在意義でもあった王城の花園が燃やされた。それでも、今、私が感じているのは悲しさでも苦しみでもなく――初めて見聞きする新たな世界への好奇心と、興奮。どきどきと弾む鼓動は、今までの人生でいちばん、【生】を感じた。

楽しい、と思ってしまった。

責務と立場を失ったのだ。本来ならきっと、絶望するところなのだろう。

聖女であることは私の生きる意味でもあったし、誇りでもあった。それなのに聖女じゃなくなった今、私はこんなにも楽しんでいる。そのことに罪悪感を覚えていると、ネモが優しく言った。

《そんなことない。ずっと、ミュライアは、こんな素敵なものを知らなかったの。あなたはずっと軟禁されていたの。逃げられないようにするために。ひとりで生きていけないように》

前々から、外は素敵だと、精霊たちから話を聞いていた。

確かに――こんなにも、空は広い。

頭上に広がる青は、抜けるようで。

ずっとずっと遠くまで広がっている。空の端にはいったい、なにがあるのだろう。その先は、どこに繋がっているのだろう。こんなに広い青空を目にしたのは、生まれて初めてだった。

「……広い」

ぽかんと、気が付けば口を開いていた。ハッと我に返る。

口を大きく開けるなんてはしたない――そう思ったけれど、今の私はもうただのミュライア。

聖女でもなければ、貴族の娘でもない。

《ねえ、ミュライア！　少し寄り道しましょうよ。ほら、あそこで砂糖菓子を売ってるわ。ミュライアはあれ食べたことないんじゃない？》

《そうよ、そうよ。少しくらい楽しんじゃいましょ！　あそこにはキャンディを売ってるのね。あの黄色のキャンディ、何味かしら。レモン？　とってもツヤツヤしていて美味しそう。行きましょう？　ミュライア！》

「……そうね。行きましょうか！」

ジレとルクレに賑やかに声をかけられ、一歩足を踏み出した、ところでふと気が付いた。

今の私は一文なし。屋台で食べ物を買うどころか、一ギルも持っていない。

先ほどは好意で恵んでもらえたが、今後お金は必要だ。

（どうしよう……。旅にお金は必要よね……。お父様とお母様は当てにならないし……）

そもそもマティンソンの名は、髪とともに捨てたのだ。

それに、私の両親は、情けないことに権力に大変執着する人間だった。

シドゥンゲリア国王陛下に追われていることを知ったら、彼らは間違いなく私を王城に差し出すだろう。

私は、家族の情というものを知らない。

お母様も、お父様も、私を【娘】ではなく、【聖女】として扱った。

物心ついた時から私は聖女だった。

（昔は、他の子たちが羨ましかったな……）

娘として、自身の子供として、愛される周りの令嬢たちが羨ましかった。私が王城に上がるようになった頃にはもう、両親の愛を求めることはなくなっていた。……諦めていたから。

『きっと、きみにも愛し愛されるひとが現れるはずだよ』

ふと、そう言って微笑んだひとが過去、いたことを思い出した。

王城に上がったばかりの頃、道に迷って泣いていた私に声をかけてくれた少年。あの時はその言葉に期待もした。

だけど、それが現実になることはないと知ったのは、それからすぐのことだった。

だって、私はシドゥンゲリア国王陛下の婚約者だった。

未来の王妃として、彼以外を愛することは許されなかった。

そして、私は彼を愛さなかった。愛せなかった。

彼が、シドゥンゲリア国王陛下が、エライザ様に惹かれたのは。

愛される努力をしなかった私のせいでもあるのだと思う。今さら考えたところで、もう遅いかもしれないけれど。

《ミュライア？》

ジレの言葉に私は思考を追い払った。今はそれより、考えるべきことがある。

とりあえず今は、お金だ。

（髪を売ったらお金になるって聞いたけど……）

もうその髪はないし。

どうしたものかと考えていると、闇の精霊、ビビがはしゃぐようにあちこちを動き回った。

上下左右にびゅんびゅん揺れるので、ぶつかりそうで少し怖い。

精霊は実体がないので、ぶつかったところでなんの問題もない、とは頭でわかってはいるけれど。

《もしかして、金の心配か？　金の心配か！　ミュライア！》

「よくわかったわね……？」

私は小声で返答する。

ビビはいつも騒がしくて、声が大きい。精霊の中でも明るさ担当、という感じがする。闇の精霊なのだけれど。私が答える間もなく、ルクレが言った。

《それなら大丈夫よぉ！　ね、ちょっと見てて！》

炎の精霊、ルクレがくるくると何回も緋色の光を帯びて踊る。

他のひとには見えていない。

彼女は何回もくるくると回ると――ぱっ、とそこに、黄金の塊を生み出した。

ついさっきまでなにもなかった場所に、だ。

「…………!?」

呆気にとられていると、ルクレが得意げに言った。

《ね、ね！　これくらいあればあのキャンディ買えるかしら？　人間の感覚ってわからないけど、もっと必要？　いくらでも出せるわ！　任せて！》

ルクレが出したのは、金塊だった。

突如として現れた黄金の塊を、私は慌てて服の中に隠した。

街中で突然、純金の延べ棒が現れたら周りはパニックになるだろう。

延べ棒を抱きかかえるようにしながら私はルクレに言った。

「ありがとう、ルクレ。あなたの気持ちはとても嬉しいわ。でも、必要最低限でいいの。それに、街中で魔法を使うのは危険だわ。あなたたちの存在が知られてしまうかもしれないから、ね？」

通りすがりのひとに不審に思われないよう、壁に張りつくようにしながら精霊たちに声をかける。

私の髪は、非常に珍しいラベンダー色。

この色を見ればすぐに聖女だと知られてしまうだろう。

しかし、それは社交界に限っての話。

平民の間では、聖女と同じ色の髪を染めることが流行っているらしい。

私の髪色よりも明るい紫だが――街中には、そこそこ私と似た色合いの髪を持つひとがいる。

そのため、髪色が理由で一発で聖女とわかるようなことにはならなかった。

しかしそれも、未知の力を使っているのがわかればすぐに気付かれてしまうだろう。

壁に張りつくようにしながら小声で囁く私はどこからどう見ても不審者だが、なんとか精霊たちには私の言いたいことが伝わったようだ。

《ごめんなさい……。人間の世界って複雑なのね》

しょんぼりするルクレに、ビビもまた、いつもより低い位置を周回しながら言った。

《俺様たちはミュライアの味方だぜ！ってことを言いたかったんだ……》

「ありがとう。あなたたちがいてくれて、とても心強い。ほんとうよ」

それは事実だった。

もし私ひとりだったら、きっとこれから先どうしようかと途方に暮れていたことだろう。

私が笑いかけると、精霊たちがホッとした様子を見せる。

ルクレが出したのは、金の延べ棒三本。

あっさりと、こともなげに金塊を出す精霊たちは、やはり規格外だ。

人間とは、ものの考え方や価値観が根本的に異なっているのだろう。

だからこそ、私がしっかりしなければ。

人智を超えた力は、ひとを狂わせる。

金の延べ棒が一本あれば、庶民が一生働かずとも豪遊して過ごせるだろう。

それを、三本も。

周りのひとには聖女だと気付かれていないが、聖女だと知られるより、延べ棒を持っていることを知られる方が、まずい気がしてきた。

主に、強奪とか、スリとか、誘拐とか。気を付けなければ。

そう、思った時。

「ええ!?　聖女様が嘘つきだった!?」

道端で、大きな声を出す女性の声が聞こえてきた。ハッとしてそちらを見ると、買い物途中と思われる女性がふたり、話し込んでいた。

周囲の視線も自然と女性たちに集まる。

女性たちは編み籠を手に持ち、青果売りのワゴンの前で足を止めている。

どちらも、中年の女性だ。

「じゃあ、なんだい。聖女様は実は大した力を持ってないとか――」

「それがそうでもないらしいんだよ。力はあるみたいだけどねぇ、それがなんと、瘴気を生み出す力だそうで！」

「おいおい。お前さんたち、それは嘘だろう。今まで俺たちが慕ってた聖女様が実は敵だったなんてことあるわけない」

それまで静観していたワゴンの店主が、女性たちの話に交ざった。

他の通行人も何人か、足を止めているようだ。

「あたしもそう思いたいんだけどねぇ。今さっき、ミヤマの警備兵に聞いてきたばっかなんだよ。それで、聖女様は嘘が明らかになると、城から逃亡したってね」

「逃げたのか？　そりゃあまた……」

彼らの間に疑心が湧くのを感じた。

《ねえ、ミュライア……》

ジレの言葉に私はまつ毛を伏せた。

（……早くここを離れた方がいいみたい）

髪を紫色に変えている女性も多数いるとはいえ、シドゥンゲリア国王陛下が私を捜し始めたら彼女たちも色を落とし、もとの髪に戻すだろう。

聖女の悪評が広がれば、進んで紫に染めようと思うひともいなくなるはず。

その中で、私のこの髪はおそらく非常に目立つことだろう。

大通りから離れようとしたが、気が付けば道は混雑していた。女性たちの会話を聞こうと足を止める通行人と、先を行くひとたちでごった返しているためだ。

とにかくひとが多く、うっかり誰かとぶつかってしまった。

「きゃっ……！」

「！　すまない」

どん、と顔を強打した私は、慌てて謝罪した。

ここから離れることにこだわりすぎて、前を見ていなかった。

ぶつかった鼻が痛い。擦りながら顔を上げると、フードを深く被った――金髪の男が、こちらを見ていた。逆光のため、顔があまりよく見えない。

「ごめんなさい。前を見ていませんでした」

「――いや」

「おおい！　王城から召集がかかったぞ！　なんでも、城下にいる紫色の髪の女を全員城に連れてこい、だと！　該当者は、ミヤマの詰所に向かうように！」

背後から、伝令兵と思われる男が足早にこちらに駆けてくる。

思った以上に、早い。

城内は未だ、昨夜、精霊たちが使った大魔法でひどい有様だと思うのだが――シドゥンゲリア国王陛下は、なにがなんでも私を捕らえたいのだろう。

……捕まるわけにはいかない。

早く国を出よう。

そう思い、身を翻した。

「あ、きみ……！」

背後で、誰かが私を呼んだような気がする。

紫色の髪を持っているので、詰所に行くようにと言われるのだろう。

私はするするとひとの間を縫うようにして、城下町を抜けた。


フェランドゥールは北西を海に囲まれた国なので、亡命するなら南下するか、東に行くかの二択になる。少し考えて、私は南に行くことを決めた。

東は、フェランドゥール同様の王政国家だ。

フェランドゥールが隣国タザールに私の身柄を引き渡すよう求めていたら、私はタザールへの入国と同時に拘束される可能性がある。

南下した先の国は、前王朝が倒され、新しく国が興されたばかりの新興国。

まだまだひとの出入りが激しく、統率者は先の戦争での始末に追われている。

おそらく、いちいち国外からやってきた人間の身元を検《あらた》めるほどの余裕はないだろう。

それに比例し、治安もあまりよくないが——私には精霊たちの力もある。

油断しなければ問題ないはず。

そう決めて南下を始めたところで、異変が起きた。

王城を出てからおよそ二週間。

少し離れた先の街、リオンから見える王城に、黒い靄《もや》がかかり始めたのだ。

最初は天候不順かと思ったが、それにしたって黒すぎる。

曇天でも、あんなに暗くはならないだろう。

しかも、その靄は王城の上のみに広がっていた。

城をすべて覆い尽くしてしまいかねない勢いだ。

通りかかった食事処で昼食を摂っていると、女将さんと常連客と思わしきひとたちの会話が聞こえてきた。

「すっかり王城はあの不気味な靄に覆われちまったねぇ」

「聖女様が追放されてからだっていうじゃねぇか。神罰が当たったんだよ」

木のスプーンでシチューをすくいながら、つまらなそうに男が言った。

女将さんは、皿を拭きながらため息をついた。

「城のひとたちは聖女様を捜すことに躍起になっていたそうだけど、今はあの靄にかかりきりなんだろ？　なんでも、あの靄。触れたところが腐って落ちちまうらしい」

「あー。指先から始まってどんどん壊死してくってやつだろ？　恐ろしいよなぁ。そんなのになっちまったらもう、人生終わりだよ」

「聖女様を追放するとか、罰当たりなことをするからこうなるんだよ。まったく、ざまあないね」

女将さんと男たちの会話は、それで一段落ついたようだった。男たちの話は違うものに変わり、取り留めのない会話が続いていく。

（私が城を出てから……？）

木のスプーンを握る手に、力がこもった。

店を出ると、私は素早く周囲に視線を走らせて、人気《ひとけ》の少ない森林へと足を踏み入れた。

私の髪は未だラベンダーの色合いだが、髪を切ったことが功を奏したのか、誰も私を聖女だとは思わないようだった。

そして、城下町での心配――この髪色を持っているために早々に誰かに捕まるのではないか、という懸念は杞憂に終わった。

それというのも、国民の反発が大きかったためだ。

婚約者の聖女を追放し、愛人を婚約者に据えた王を、民は批判した。

シドゥンゲリア国王陛下は聖女の悪評を広めようとしているようだが、情報を流すたびに王への反感が募っている始末だ。

王は完全に悪手を打っている。

聖女の私としては、ありがたい限りではあるが。

そういった経緯があるため、髪を紫に染める女性は未だ多くいる。

精霊たちがふわふわ、私を取り囲むようにしてついてくる。

それを見ると、いつもあたたかい気持ちになる。私はひとりではないのだと、教えてくれるようで。

食事処の裏手は、山に繋がっている。

山の麓、森の入口から少し離れた場所の切り株に腰を下ろすと、私はそっと彼らに話しかけた。

「さっきの……。王城に異変が起きてるって、あなたたちは知っていたの？」

《知らなかったけど、でもそうなるかなぁとは……。だって、あの男。花園をめちゃくちゃにしたじゃない》

厳密に言えば、花園をめちゃくちゃにした——消失させたのは、精霊たちの魔法だ。

だが、燃やそうとしたのは事実である。

ルクレが言うと、続いてジレも言った。

《あの花はね、結界の役割があるの。フェランドゥールはとっても昔に一度、瘴気に侵されたことがあるの。だから、定期的に祓う必要があるの。でも、あの王様がぜーんぶ自分でだめにしちゃった。ばかだよねぇ》

「私、それ知らないわ。祓う、って花園での祈りの時間を言っているの？」

物心ついた時から、王城で祈りを捧げるのが、私に課された役割だった。

聖女は、三日に一度、城の庭園で祈りを捧げなければならない。

朝日が昇ってから沈むまで。

役目に夏も冬も関係ない。

それが、聖女のすべきことだったから。

ただの儀式だと思っていた。

でも——ほんとうに、意味があるものだとしたら。

《あの男が言ってたじゃない。花園がないと、聖女は力を使えないんだーって。あれ、半分嘘で、半分ほんとうよ。花園が失せれば、王城の結界は機能しなくなるの。王城の花園の魔力は私たちにも通じているものがあるから……私たちの力は半減する。あ、でも安心してね？　人間に劣るほど弱くなったわけじゃないから！》

ルクレが呆れたように言った。

《ルクレが言ってたろー？　あれがないくらい俺様たちには関係がねぇんだ！　ま、人間には大ありかもしれないけどぉ》

ビビが間延びした声で言う。

私は彼らの言葉を聞いて、慄然としていた。

とんでもないことになってしまった、とどこか冷静な思考でそう思う。

《ねえ、ミュライア？　どこの国に行くの？　私、またキャンディを見てみたいわ。瓶詰めの綺麗なキャンディ！》

《あ、ずるいぞジレ！　俺様は砂糖菓子がまた食いてぇな〜。メレンゲ？　でできたやつ！》

《私はチョコレートがいいな。でも、ミュライアと一緒ならどこでもきっと楽しいわ！　ね、ミュライア？》

それぞれの精霊が楽しそうに話しているのを聞きながら、私は手を強く握った。

《ミュライア？》

《ミュライア、もしかしてあの野郎に同情してんの？　ならいらないぜ、そんな気持ち！　先に砂かけてきやがったのはあのシドゥンゲリアとかいうやつだぜ？》

《そうだよー。ミュライアが気にする必要、ないよ？　なんだっけ、ほら。人間の言葉にある……あ、そう！　自業自得ってやつだもの》

精霊たちが、慰めるように、励ますように私の周囲をくるくる飛んだ。

その中でも、ビビが――紫色の光を纏った精霊が、私の膝の上に着地する。私は、そんな彼らに視線を向けて、はっきりと自身の嗜好を口にした。ぐるぐると、とめどない感情を形にするように、手探りながらに言葉を紡いだ。

「ねえ、みんな。確かに私、シドゥンゲリア国王陛下には、怒っている。前々からエライザ様を愛しているのは知っていたの。私、それでいいと思ったわ。私とシドゥンゲリア国王陛下は、愛によって結ばれた関係ではないもの。互いに、必要だから結ばれた婚約。そこには、私の気持ちも、彼の気持ちもない」

《あの男、絶望的に趣味がおかしいのよ。あんな女がいいなんて！》

水色の優しい光を纏って、蛍のようにネモが揺れた。

私は、彼女の言葉に首を横に振った。

「ひとの気持ちは縛れないわ。それは仕方ないし、私も構わないと思ってた。……でも、信じてた。少なくとも、彼は私を国を率いていくパートナーとして認めていると思っていたの。……はっきりそう、言われたわけではないのにね」

勝手に信じて、勝手に思い込んで。私は愚かだ。

「こんなことになってしまって、ほんとうに悔しいわ。でも、悔しさはあっても憎んではいない。でもね……きっと、私もいけなかったのよ」

そうだ。今になって気が付くなんて、気が付かなかっただけで私も相当、頭に血が上っていたのだろう。呼び出しを受けて突然断罪されて。シドゥンゲリア国王陛下に、エライザ様に、復讐したいという感情はないけれど悔しかったし、悲しかった。

でも、きっと私も悪かった。私は客観的に物事を見られていなかった。主観的で、悲劇に酔ってすらいたのかもしれない。今になって、そう思う。

「私、シドゥンゲリア国王陛下の気持ちはいらないって……不要だって思い込んで、彼とちゃんと話したことがなかった」

《それはシドゥンゲリアの野郎がミュライアを毛嫌いしてるから》

ビビの言葉にまた、首を横に振った。

「違うのよ。……たとえ、嫌われていても、よく思われていないのだとしても、私はちゃんとぶつかるべきだった。彼に、言うべきだった。なにもしないで後悔するのなら、行動するべきだった。少なくとも……私は、彼に言うべきだったのよ……。エライザ様のこと、私たちの関係のこと。あやふやにして、ごまかしていたから……こんなことになった」

氷上に成り立っていた脆い関係だ。それはいつ、崩れてもおかしくなかったのに。私は、それから目を逸らした。

「私……やっぱり、この国が好きよ」

私は、はっきりと自分の気持ちを口にした。

後悔を、後悔のままにしておきたくない。今の自分にできることがあるなら、今度こそ。

「城下町で私、すごくよくしてもらったわ。串焼き肉も、リンゴも、とても美味しかった。……だから、ジレ、ネモ、ビビ、ルクレ。力を、貸してほしいの」

今度こそ、間違えないように。ぶつかることを、衝突することを恐れて逃げるのではなく、立ち向かいたい。一度目は、シドゥンゲリア国王陛下とぶつかることを恐れて逃げた。

二度目は彼の裏切りが辛かったら、王城から逃げた。

逃げるのは、もうやめにしたい。

はっきりそう言うと、精霊たちはみな黙った。

やがてぽつりと、ビビが言う。

《あの串焼き肉、美味しかったもんな》

その言葉に、私は笑った。ビビの言葉は、拗ねているような、それでいてしょうがないなぁ、という声音だった。

《食べ物の恩は大事だもんね》

《確かにあのリンゴは美味しかった……。王都一の青果屋さんを潰すのは大きな損失だもの》

「……王城の結界、どうしたら直せる？」

私が精霊たちに尋ねた時。ふと、周囲を旋回していた精霊たちがぴく、と固まった。

「どうかした？」

《誰か、来る。……男だ》

ジレの言葉に、私はぱっと立ち上がった。

（まさか、誰かに尾行されていた……!?）

動揺しつつ勢いよく振り返ったところで――。

「うわっ」

突然、私が振り返ったことで驚いたのだろう。

そのひとは、驚きの声をあげた。

そこにいたのは、紺のローブを羽織り、フードを深く被った男。

いかにも、といった様子で怪しい。

食事処の裏手に回るところを見られたのだろうか。

だけどあの時、周囲には誰もいなかったはず。

警戒しながら男を見ていると――彼が、慌てたように軽く両手を上げた。

「驚かせてごめん。……きみは、ミュライアだよね？」

彼が私の名を口にした瞬間、精霊たちが警戒するのを肌で感じた。ぴりついた空気の中――とはいっても、彼には精霊が見えないので気付いていないだろうけれど。私は注意深く彼を観察した。

（私の名前を知っている……？　どうして）

ふと、男がおもむろに、フードをはらった。

その姿に、私は息を呑む。

現れたのは、柔らかな向日葵色の髪だった。

クリーム色に近い、白金の髪を煩わしそうに後ろにはらい、彼はジッと私を見つめた。

「……よかった。忘れてる、というわけじゃなさそうだね」

「あなた…………」

まるで、白昼夢でも見ているかのようだ。

私は彼を知っていた。

（でも、なぜ……）

彼は死んだのではなかったの？　私は混乱していた。

記憶にあるより髪が長い。

夜空のような、星空のような、蒼い瞳に、印象的な右目の下の黒子《ほくろ》。

相手の本心を見透かすような、静寂と威圧を同時に与えるような——落ち着いた青の瞳。

「幽霊にでも会ったような顔してる」

彼が、くすりと笑った。

彼は——亡くなったはずだ。

兄であるシドゥンゲリア国王陛下の恋人、エライザ様と関係を持って、それが逆鱗に触れた。

そのはずだったけれど……。

「ベルリフォート……様？」

☆

『聖女のくせにそんなこともできないのか』

初めて会った時、婚約者に言われた言葉。

『ミュライアは聖女なのだから、なにもしなくていいのよ！　あなたはいるだけで尊い人間なのだから！』

母は私を娘ではなく、【聖女】として見た。

『聖女様って初めて見ましたけど、なんていうかずいぶんふつう』

メイドたちがひそかに話すのを聞いた。

その日の私は、聖女という肩書きに自分の力が不足していることを痛感し、ぐすぐすと泣いていた。もし、こんなところを婚約者のシドゥンゲリア殿下に見られたらきっとまたばかにされる。叱責される。わかっていたが、涙を止めることはできなかった。

婚約者のシドゥンゲリア殿下とは、いつも子爵家の東屋でお茶会をしている。登城するにはまだ私の行儀作法は未熟だったし、致命的な失敗を犯す可能性もあったので、今まで登城しなくてもいいと許されていたのだ。

しかし、十歳を迎えようやく私のマナー教育も一段落した。

王家から登城するよう通達があり、王城に到着したはいいけれど——私は完全に迷子になっていた。

両親は今頃、貴賓室で盛大なもてなしを受けているだろう。

王城に到着してすぐ、母や父は案内人に無茶ばかり言った。そのせいで場は途端、慌ただしくなり、本来なら私を案内してくれるひとも駆り出され、私は手持ち無沙汰になってしまったのだ。

予定の時間が近付き、慌てる従僕を横目で見た母は、楽しげに笑ってみせた。

まるで、なにをそんなに慌てるの？　とでも言わんばかりに。

『時間に遅れる、ですって？　あなた、この子を誰だと思っているの？　聖女なのよ、聖女！　二百年ぶりに現れた尊い聖女に、ずいぶん偉そうね！　この子がいるから、フェランドゥールは守られているというのに！』

ふんぞり返るお母様とお父様の姿に、私は恥ずかしくて仕方がなかった。

『聖女《わたし》がいるから、この国は平和』

そんなことを堂々と公言できるほど、私は強大な力を持っているわけではない。

案の定、お母様の言葉を聞いた従僕や侍従、メイドたちは鼻白んだ様子だった。

そんな彼らをこれ以上見ていたくなくて、私は宣言するように言った。

『あ、あの！　私ひとりでも大丈夫です……！』

そして、彼らの返答を聞くことなく、その場を逃げ出したのだった。

そして今、完全に迷子。

自業自得だ。わかってはいたが、あの場にそれ以上留まるのは苦しすぎて、無理だった。

次第に、涙が滲んできた。

どうして、私はこうなのだろう。

お母様とお父様は、なにかにつけて【聖女】という言葉を引っ張り出してくる。恥ずかしくて、悲しくて、仕方がない。

私は……彼らにとって、娘ではない。聖女でしかないんだ。

そう思うと、それがすごく悲しくて、また涙が出る。

結局私は、ひとりメソメソぐすぐすしながら王城を歩いていた。どこをどう歩いたのか、人気はまったくない。

あまりにも誰にもすれ違わないので、明らかに違う場所に足を踏み込んでしまったのだと、私にも理解できた。

いつも一緒の精霊たちは、今この時は不在だった。彼らは、迷子になり、泣きじゃくる私を見かねて、城内を探索し始めてくれたのだ。

しかし、目的地がどこにあるのかわからない以上、彼らも広大な王城の中でその場所を見つけ出すのは難しいだろう。

精霊たちがいなくなると、途端、静けさが襲ってきて、私は心細くなってしまった。

……もと来た道を戻ろう。

ついに私は観念した。

それで、途中で会ったひとに正直に話そう。

ひとりで大丈夫と言った手前、結局迷子になって案内をお願いするのは情けないが、これ以上迷子になって、時間に遅れる方が問題だ。

そう思って、踵を返そうとした時。

視界の端に、開けた場所が見えた。

訳もわからず階段を下りたり上ったりを繰り返した結果、私はいつの間にか王城の庭園に面した回廊に辿り着いていたのだ。

本来なら、ここは王族専用のプライベートエリアなのだが、その時の私は、それを知らなかった。

真っ青な空がちらりと見えて、私は思わず足を進めた。ざぁ、と強い風が吹く。

咄嗟に、髪を手で押さええた。

ラベンダー色の髪は、私にとって苦々しいものでしかない。この髪さえなければ私は聖女だと言われることはなかった。

そして、聖女でさえなければ、お母様もお父様も、私をきっと【娘】として見てくれたに違いない……。

そんなことを性懲りもなく考えた時だった。

コツ、コツ、という足音がして、驚いて振り返る。勢いよく振り向いたせいか、相手もびっくりしたようだった。

そのひとは、私とそう大きく年齢は離れていなそうな、男の子。

フリルのついた白のシャツに、クロスタイをつけている。真っ白な石のついたタイタックピンで留めている。目の覚めるような青のトラウザーズ。

私は驚いた。城内なのに、やけにラフな格好をしていることにも、その男の子が、天使のようにかわいらしかったことにも。

その子は呆然としている私の顔をまじまじと見た。続いて、私の髪に気がついたように視線を向ける。

「……迷子？」

その子は、高いテノールの声をしていた。

私は、本気でその時、その男の子が天使だと思った。なぜなら、ここまで誰にも会わなかったし、ひとがいない場所だからこそ、彼は現れたのではないかとまで考えていた。

私は聖女として教育を受けただけあって、当然のように女神教徒だった。それは刷り込みに近かったが、だからこそ、私のように【聖女】と呼ばれる人間がいるなら、【天使】がいてもおかしくないのではないか、と妙に論理的なことを考えたのを覚えている。

ひたすら瞬きを繰り返す私に、彼が笑った。

その子は、不思議なひとだった。

柔らかい空気を持っていて、春の日差しのような温もりがあって——まるで、木漏れ日を浴びながら毛繕いをしている猫のような、そんな穏やかさがあった。

彼は、ゆったりとした空気を作り出すひとだった。

「泣かないで」

彼が、ポケットからハンカチを取り出した。

ハンカチは、白のレースで縁取りされた絹の生地だった。ハンカチで目尻をとんとん、と軽く押さえられて、その時ようやく彼は、実在する人間なのだと私は知った。

彼が人間なら、ここがどこか、私の行きたい場所がどこにあるか聞けば教えてくれるかもしれない。そう思ったのだ。

「わ、私、応接室に行きたいんです」

口を開くと、また、情けなさに涙が出てきた。熱い涙が頬を伝ってぽろぽろと落ちてくる。

私はどうやら、泣き虫のようだった。

悲しいことや厳しいことを言われると、そのたびに涙がこぼれてしまう。それを見た教育係のひとは失望したように私を見るし、シドゥンゲリア殿下は軽蔑したように私を睨む。

泣いてはいけない。わかってはいるが、涙は止まらない。

泣いちゃだめだと思うと、さらに涙はこぼれてしまった。目に力を込めてなんとか止めようと格闘していると、彼が、ちいさく言った。

「目、閉じて」

戸惑いもあったけれど、私がその声に従ったのは、彼の声がとても優しかったから。私がまつ毛を伏せると、彼が、ハンカチをぽんぽん、とまた押し当てた。

「あんまり泣くと痕になっちゃうからね。きみは、マティンソン家のご令嬢でしょう？　この後、王妃陛下と予定があるんだよね？」

私がなにも言わずとも理解してくれたことが嬉しくて、何度も頷いた。

彼は、そんな私にまた少し、笑ったようだった。

「そっか。応接室はここから南の方にあるよ。でも、ずいぶん真逆に歩いてきたね？　応接室は貴賓室と同じ棟にあるんだ。貴賓室の一階上だよ」

なんていうことだ。

それなら私は無駄に歩いて、遠くに行ってしまったことになる。呆然としていると、彼がまたくすくす笑った。

「ここに来るまで、誰かに聞かれなかったの？　どうしたの、って」

そんなこと、聞かれなかった。

だって、私は聖女だから。

聖女に進んで声をかけるひとはいない。

お母様やお父様が言うには、私は【特別】だから。気軽に声をかけるのは失礼なのだそうだ。

私が首を横に振ると、彼は少し考えるようにしながら言った。

「そっか……。こんなに泣いてる女の子がいるのに、それはひどいね」

「でも……私は、聖女だから」

言い訳なのか、あるいは私を見ても声をかけなかった城の勤め人を庇うつもりなのか、もごもごと私はそう言った。

ハンカチがそっと取られる。もう、涙は落ち着いていた。

「きみは聖女だけど、城に初めて来た女の子でもある。迷子になって心細かったでしょ」

「…………っ」

彼の優しい言葉に、私は強く頷いた。

心細かった。

誰かに助けを求めて案内してもらえばよかったのかもしれないが、彼らが私を見る目は好奇と興味に溢れていて、話しかけづらかった。

まるで、指名手配犯みたいで、どこまで行ってもひとの目が追いかけてくる。居心地が悪かったし、大人の視線は怖かった。

結局、私は彼らの視線から逃げるように歩いていたのだ。結果、人気のないこの場所に着いてしまったのは、ある意味当然なのかもしれなかった。

「涙、止まったね。応接室だっけ。僕が案内してあげる」

「でも……泣いちゃった」

なにが『でも』なのかは私にもわからなかった。

だけど、私の言葉を聞いた彼は、首を傾げてみせる。

彼は、不思議なひとだった。

優しくて、落ち着いていて、柔らかくて、あたたかくて、まるで春の陽だまりを連想させる。だから、だろうか。私は抱え込んでいた悩みが、雪解けを迎えた氷のように溶けていくのを感じた。

「でも？」

「泣いたら……怒られるから……」

「誰に？」

「みんなに。私は聖女だから……泣くのはみっともない、って。『聖女は、完璧な存在じゃないといけない』…………私は、特別だから。ふつうとは、違うから……って」

呟くように言うと、彼は眉を寄せた。

そして、彼が私の頭に手を置いた。軽い感触に、びっくりした。顔を上げると、彼は私を安心させるように、柔らかい笑みを浮かべていた。

「でも、きみはふつうの女の子でしょ」

「違……う。私は、聖女だもの。ふつうじゃないの」

「きみは聖女だけど、それと同じくらい、ふつうの女の子だよ。少なくとも、僕はそう思った」

彼の穏やかな声に、私は強張った心がほどけていくのを感じた。

きっと、きっと、私は誰かにそう言ってもらいたかったんだ。ずっと。

誰でもいい。誰でもいいから、私を【聖女】ではなく、私として見てほしかった。

それを、今日会ったばかりの男の子が、叶えてくれた。嬉しくて、哀しくて、苦しくて、また私は泣いた。

私の望みを叶えてくれたのが、両親ではなかったこと。今日会ったばかりの少年の言葉が、こんなにも嬉しかったこと。彼にとっては、なんでもない言葉が、私はとても嬉しかった。

嬉しく感じてしまう私を、私はかわいそうだと思った。私が、聖女でさえなければきっと思うこともなかった。

私を、ただの私として見てほしい、なんて。

ぐしゃぐしゃに泣いてしまった私に、彼は今度こそ困惑したようだった。もう、涙の痕とか気にする余地がないほどにひどい泣きようだった。

洟がたくさん出たし、涙で前髪は額に張りついてしまった。それでも、彼は一緒にいてくれた。

ほんとうは、こんなことをしている場合ではなく早く応接室に向かうべきだとわかっている。わかっていたけれど、今だけ。今だけは、こうしていたかった。泣いても、誰にも責められない。

失望のため息を聞くこともなければ、冷たい視線を浴びることもない。

グズグズしていると、そこにふわりと四色の光が飛び込んできた。精霊たちだ。

《ミュライア、お待たせー！　……って、どうしたの⁉　なにがあったの⁉》

《ごめんね、ミュライア！　思ったより広くて私たちもどこがどこだかわからなくなっちゃったの。二百年前とはずいぶん造りが変わっていてねー》
《でもようやくわかったわ！　なんとね、ミュライア！　応接室は貴賓室のすぐ近くだったのよ！》
《黒い服着た人間が『応接室なんか、貴賓室のすぐ上なのになー』って言ってたからほんとうだと思うぜ！》
《それなら教えてくれればいいのにね！　意地悪なんだから！》
《ミュライア、どこか痛い……？》
水色の光がふわふわと飛んできて、私は首を横に振った。
「大丈夫……。ありがとう」
それはひどい鼻声だった。びっくりしたように、ビビが瞬間、膨らんだ。紫の光が大きくなったのを私は初めて見たので、少しびっくりした。
《なんでそんなに泣いてるんだー⁉　もしかしてこいつになんかされたのか⁉》
「ち、違うよ！　このひとは親切に私に声をかけてくれて……。案内してあげるって言われたの！」
《ね、ねえミュライア。私たちと話してくれるのは嬉しいんだけど……。彼、びっくりしてるんじゃない？　人間に、私たちの存在が知られるのはミュライア、嫌でしょう？》

ジレの言葉にハッと我に返る。

泣きじゃくったせいで、周りがまったく見えていなかった。慌てて男の子の方を見れば、やはり、彼は呆気に取られたようにこちらを見ていた。

彼には、私に見える四色の光も、彼らの声も聞こえないはずだ。突然、私がひとりで話し出したようにしか見えないだろう。

（ど、どうしよう……！　変なひとだと思われる！）

私は、精霊が見えることを他人に隠していた。

知られれば、精霊たちをいいように使われてしまうのではないかと怖かったからだ。

そして、それ以上に、私は恐れていた。精霊が見えることを伝えれば、私はより【ふつうではない】存在に見られるのではないかと思った。

男の子の瞳が、気味の悪いものを見る視線になるのでは、と思うと気が気ではなかった。今まで優しくしてくれたけれど、やっぱり私は【ふつうじゃない】と思われてしまうかもしれない。

そう思うと、いてもたってもいられなくて、この場を逃げ出してしまいたいとすら思う。

だけど――彼は、目を見開いただけで、すぐに私に尋ねてきた。先ほどまでと同じように、柔らかな声で。

「お友達？」

「えっ……？」

「僕にはなにも見えないけど。きみにはなにか見えてるのかな？　って。仲が良いんだね」

『やっぱり聖女は特別な存在なんだね』とか『ほんとうに見えてるの？』とか、そういう言葉でないことに私は驚いた。

そのどちらかだろう、と思っていたのに。

今度は私がびっくりしていると、彼がまた笑った。

「初めまして……って、僕の言葉は聞こえてるのかな」

《これ、私たちに言ってるの？》

《初めまして！　私は水の精霊ネモっていうの》

《聞こえてる、って伝えて！　ミュライア！》

ルクレの声に、私はハッとして男の子の言葉に答えた。

「聞こえてます」

「そっか……。なんだか、不思議な感じだな。どこら辺にいるの？」

「えっと……」

私が言い淀むと、精霊たちはそれぞれ、男の子の肩に乗った。ルクレとビビが、右肩。ジレとネモが、左肩。四色の光を肩に乗せながら彼が首を傾げる。それを見て、私はつい笑みがこぼれてしまった。

「今、あなたの肩に乗ってます」

「え？　肩に……？」

彼はギョッとした様子だった。

そして恐る恐る、手で触れてみる。

《わあ！　びっくりしたー‼》

言ったのは、ビビだ。

人間に姿の見えない彼らは、当然人間に触れられる機会も滅多にない。

その様子にまた、私はくすくす笑った。

「触ってます。触ってるわ、今」

「そうなの？　うーん……。なんか、ほんのりあたたかい気は……する」

眉を寄せた彼に、私はついに声をあげて笑った。

「ふ、ふふ、あはははは！　あのね、あなたが今触れてるのは精霊なの。闇の精霊よ。精霊たちはみんな優しいんだけど闇の精霊のビビはね、いたずらっ子で人懐っこいの」

「そうなんだ」

彼には精霊の姿など見えないだろうに、彼は優しい声で話を聞いてくれる。彼は、私の話に相槌を打つだけだったが、その声はとても優しくて、私はついつい話し込んでしまった。今まで、この子たちの話など誰にも――お父様にも、お母様にも、したことはなかったのに。

精霊たちの話をしながら、私はその男の子に案内されて応接室へと向かった。約束の時間はとっくにオーバーしていたし、先に待っていたシドゥンゲリア殿下は私が辿り着くとギリギリと睨みつけてきた。いつもなら身が竦む思いだけれど、今はそんなに怖くない。

私は遅れてしまったことを謝罪しようと口を開いたところで——シドゥンゲリア殿下が、怒鳴りつけた。

私に、ではなく、私の隣の、男の子に。

「なんでお前がここにいる⁉　ベルリフォート‼」

その時、初めて私は男の子の名前を知った。

ベルリフォート・フェランドゥール。

それが、彼の名前。

そして、この国の第一王子であり、第二妃の子の名でもあった。

☆

「うん。久しぶり。ミュライア」

私の周りを飛ぶ精霊たちも困惑している。

《ベルリフォートって、あの高飛車女を口説こうとして処刑されたやつ？》

《そうだった、そうだった！　エライザを好きになった挙句、横恋慕して処刑された元第二王子じゃない！》

《そんなひとが今さらなんの用なの？　怪しい！》

ベルリフォート・フェランドールは、シドゥンゲリア国王陛下の恋人、エライザ様に想いを寄せていたという。決定的な場面を見られ、それが王の不興を買った。一年前に、彼は処刑されたはずだ。その彼が、なぜ。

私は動揺していたが、精霊たちの言葉を聞いてほんの少し冷静さを取り戻した。

「ベルリフォート様……。どうして、ここに」

「きみを捜してた」

打てば響くような速さで、答えが返ってくる。

（私を……？）

彼の言葉に疑問を抱いてると、彼が確かめるように私の周りに視線を向けた。

まるで、見えないなにかを探すように。

「今も、きみの周りには精霊たちがいるの？」

「……………」

どう答えるべきか沈黙していると、ベルリフォート様が苦笑した。

「ごめん。今、話すべきはそれじゃなかったね」

彼は警戒している私に気が付いているのか、いないのか、淡々と言葉を重ねた。まるで、一年前のことなど、なかったかのように。

「きみを、捜していたんだ。城下町で偶然ぶつかったんだけど――覚えてないかな」

（あの時の……？）

ミヤマの城下町で、偶然ぶつかった、フードを深く被った男性。あの時ぶつかったのは彼だったのか。

いや、そんなことより。

「ベルリフォート様は……亡くなられたと……」

言葉を濁す私に、彼が頷いた。変わらず、静かな瞳だ。私が初めて彼と会った時、彼は春の陽だまりのようなあたたかさを持っていた。

だけど今の彼には、黄昏を迎えた冬の湖面のような冷たさと、静けさが同居していた。顔立ちが端整なのは変わらないが、雰囲気がまったく異なる。いつから彼は、こんな瞳をするようになったのだろう……？

「……その話も、したいと思っていた」

一拍間を置いて、彼が言った。

「一年前、兄に嵌められたんだ」

「え……」

「あのひとは、鬱陶しい弟を排除する理由が欲しかったんだろう。僕に濡れ衣を着せて、強制的に僕を追い落とした。……僕が、彼女に手を出すはずがないのにね。それだけ、彼も余裕がなかったんだろう。王位に就いたはいいけど、今度はいつ僕に反旗を翻されるか気が気じゃなかったんじゃないかな」

私は、なにから言えばいいのかわからなかった。反旗？　濡れ衣……？

彼の口ぶりでは、まるでエライザ様とはなんの関係もないように聞こえる。

怒涛の勢いで聞かされた情報に茫然としていると彼が一歩、足を踏み出した。

一定の距離内に異性が入り込むと普段は攻撃性を露わにする精霊たちが、静かにしている。

これは非常に珍しいことで、私はそれにも戸惑った。

（これは、話を聞いてみる価値がある……ということなのかな……）

そうこうしているうちに、またベルリフォート様が口を開く。淡々とした話し方は昔と変わらないけれど、声は低くなった。久しぶりにベルリフォート様と会ったからか、初めて会った時のことばかり思い出してしまう。

「今、王城は大変なことになっている。瘴気に侵されて、騎士どころか貴族までまともに歩けない状態みたいでね。兄もまた、片足が動かなくなってしまったようだよ」

「え……!?」

さっきから私、ろくにものを話せていないな、とほんのわずかに冷静な頭で考えたけれど、その思考もすぐにどこかへ行ってしまった。それ以上に、彼の言葉は私に驚きをもたらしたからだ。

私が城を出てからまだひと月も経っていない。

動揺した私に、ベルリフォート様は言葉を続けた。

「だから、ミュライア。きみは早くこの国を出た方がいい」

彼の言葉は、やっぱり予測がつかない。

☆

机の上のものを薙ぎ払うと、硝子が割れる音がした。おそらくなにかが割れてしまったのだろうが、構わない。

動かない右足にいらだちが募る。

それもこれも、全部あの女のせいだ。

扉がノックされる。

答えるだけの余裕は、今のシドゥンゲリアにはない。

「失礼いたします、陛下。諸侯会議のお時間でございます」

扉越しに、男の声がする。

宰相――の代理の男だ。

「……どうせ、肝心の諸侯たちはみな、領地に逃げ帰ったんだろう。代理だらけの会議など出ていられるか」

「ですが、陛下が来ないことには――」

「うるさい！　それを言うなら宰相を連れ戻せ！　だいたい……くそ、足が痛む！　医師を呼べ！　どうなってるんだ！　城は、国は、俺は！」

だん、と机に拳を打ちつけると、扉の向こうからひっと声があがった。

王城にはもう、ほとんど人間が残っていない。

みな、この異常事態に恐れをなして逃げてしまったのだ。

武力なら、それに対抗する手段がある。

怖いのは未知に対する脅威だ。

未知の襲撃には人間は手も足も出ない。

あの女が城を去ってから、城の上を覆うような黒い靄が渦巻き、それは太陽の光すら遮った。

若き国王、シドゥンゲリアは頭を抱えた。

(何もかも、あの女のせいだ！　あの女《ミュライア》が悪い！)

日に日に、右足の先は青く、黒くなっていき、感覚が麻痺しているような気がする。

これが進めば、足を失うかもしれない。

その可能性に思い至り、背筋が凍るような恐れに襲われた。

「早くミュライアを捜せ‼　この国の騎士はなにをしている！　諜報部隊はどうした‼」

「そ、それが……街で平民たちに活動を阻害され、うまくいってないようです……」

「なんだと⁉　王に仇なす逆賊はみな拘束してしまえ！　見せしめに処刑にかければ誰も歯向かわないだろう！」

「そうは言いましても……。数が多く、全員を収監できるだけの場所がありません」

「ええい、煩わしい‼」

ぐしゃぐしゃと頭をかきむしれば、常に整えられていた黒の髪が雑然と乱れた。

足が、痛い。

じくじくと痛むそれは、恐れに繋がった。

「エライザは！」

怒鳴りつけると、宰相の代理の男が怖々答えた。

「異変に巻き込まれては困るからと、領地に帰られました」

「クソ女‼」

どん、と机を叩く。

もう落ちるものがない机は、シドゥンゲリアの拳だけが響いた。

このまま、死んでなるものか。

（俺を破滅に向かわせた……俺を陥れたあの女《ミュライア》にだけは絶対に、復讐してやる……！）

顔を手で覆っていた彼は、指の隙間からギラつく目で空を睨みつけた。

「くそ！」

大きく舌打ちをして、椅子から立ち上がる。

途端、釘でも打ち込まれたかのごとく痛みが足に走った。

それを怒りだけで押さえ込み、シドゥンゲリアは男に言った。

「聖女に纏わる本を徹底的に探し出せ！　この異変はあの女が城を去ってから起こった。あの女がなにかしているに違いない‼」

「か、かしこまりました！」

怒鳴りつけられた男は、これ以上八つ当たりをされては困るとばかりに大慌てで駆けていった。

シドゥンゲリアはふんと鼻を鳴らし、背後を振り返る。彼が今いるのは、王の執務室。

そして、彼の座る椅子の背後には——秘密の小部屋がある。

歴代の王のみが知る部屋だ。

そこになら、聖女に関する手がかりがなにか、残っているかもしれない。

まず、ミュライアを捕まえる。

そしたら、そしたら——。

この足を治し、彼女が地に頭を擦りつけて謝り、慈悲を乞うなら。
妾程度にはしてやっても構わない。
（俺はなんて慈悲深いんだ）
泣いて謝る彼女に言ってやるのだ。
『跪け。俺の靴にキスできるなら、命だけは助けてやってもいい』
そしたら、あの女はどんな顔をするだろうか。
想像するだけで暗い愉悦が走る。
今はその空想だけが、彼の行動の原動力となっていた。
今も昔も、彼の頭にあるのは、ラベンダー色の髪をした、少女ひとりのみ。

第三章　溺れる者は藁にだって縋る

ベルリフォートが初めて彼女と会った時、彼女は泣きじゃくっていた。目は充血し、次から次に涙が溢れてくる。そんなに泣いたら目が溶けるのでは、と彼は内心冷や冷やしていた。

当時、ベルリフォートは十三歳。

ミュライアは、十歳。

王城の花園は、王族しか立ち入りを許されない。それなのに、小柄な影が見えて、彼は最初疑心を抱いた。しかし、近付くにつれ疑心は次第に戸惑いに変わる。

なにせ、どう見ても一桁、あるいは二桁になったばかりの少女が回廊をすぐ出た場所で泣きじゃくっていたからである。これで怪しいと思う方が、どうかしている。

そう思った彼は、彼女に話しかけたのだ。

「……迷子？」と。

彼女は、名乗らなかったけれど、すぐに素性は知れた。逆光で気付かなかったが、彼女はラベンダー色の髪をしていた。すなわち、彼女は聖女以外の何者でもない。

十年前、二百年ぶりに誕生した聖女に世間は大騒ぎになったという。もちろん、王家とも無関係なはずがない。女神を深く信仰するフェランドゥールの国の成り立ちからして、聖女と王家は切っても切れない関係だ。実際に、聖女がどんな力を持っているかは未知数だし、もしかしたら聖女の力などないのかもしれない。

どちらにせよ、聖女という存在は王家にとっても、国民にとっても、社交界にとっても、大きな影響を及ぼすものだった。

王家は、最初から聖女を影響力のある駒《カード》としか見ていない。

顔を合わせたのは初めてだが、聖女という存在は知っていた。

だけど今、初めて顔を合わせたベルリフォートは、聖女と呼ばれる少女が、いたってふつうの少女であることを知った。泣きべそをかく彼女に、特別な空気や、神聖なものは感じなかったのだ。

（……彼女は、ふつうの女の子なんだ）

それが、第一印象。

突然見知らぬ人物が現れたためか、少女は泣くのをやめたようだった。

しかし、ここに来るまで散々泣いたのだろう。彼女の目は真っ赤に染まり、眉はぐっと寄り、洟も垂れていた。

彼が想像していた【聖女像】とはあまりにかけ離れている。

彼女は、泣いたらいけないと思っているようだった。眉間に皺を寄せ、ちいさな鼻を膨らませ、今にも泣きそうな顔をしているのに、懸命に耐えようとしている。いっそ、泣けばいいのに。

そう思っていると、彼女がぽつりぽつりと言葉をこぼした。

自分は【聖女】で【特別】だから、泣いてはいけないのだと。泣くことはみっともない、と彼女は話した。

（……泣けばいいのに）

やはり、彼はそう思った。ベルリフォートはそれまで、年下の少女と話す機会はあまりなかった。王族で、なおかつ王子という立場なら、早いうちに婚約者を決められるものだが、生憎ベルリフォートは少し複雑な立ち位置にあった。

なにより、彼は正嫡ではない。

母は、フェランドゥールの有名貴族出身の第二妃だが、王妃は隣国タザールの王女だ。王族と貴族では、さすがに格が違う。

兄より先に結婚することはもちろん、ベルリフォートが婚約者を持つことすら政争争いに繋がると教育係に諭され、彼自身、年の近い女の子との接触を避けていた。

ベルリフォートの母は気が強く、王妃の陰に隠れ細々と生きることをよしとしない性質だった。王妃は、そんな彼女とは逆に争い事を好まない性格だった。

ベルリフォートが五歳の時、第二妃たる母が逝去した。今まで第二妃についていた派閥は手のひらを返して王妃に近付いてくる。

権力争いにうんざりした王妃はタザールへ逃げ帰った。父たるタザールの王には『フェランドゥールでの暮らしは辛いものだった』と泣きつき、フェランドゥールとタザールの両国の関係は、一時悪化したらしい。

しばらく冷戦のような状況が続いたが、やがて南で革命が置き、王朝が崩壊すると事態は急変した。不安定な世の中、いがみ合っている場合ではないと考えたのだ。

そういった経緯があり、二国間の国交は回復した。

王城の花園で出会った少女は、突然誰かと話し出した。驚いたが、聖女であるという彼女なら、自分には見えないなにかが見えていても不思議ではない、と思った。

彼女の話しぶりはまるで親しい友達か、家族に対するそれに近かった。さっきまでメソメソ泣いていた子が、警戒心や不安、恐れ、といった感情をすべて溶かし、心を許して話している。

少し舌っ足らずなのは、泣きすぎたせいか、あるいはそれが彼女の素の話し方なのか。

先ほどまでは毛を逆立てた――まるでハリネズミのようだったのに、今は心に張っていた氷の壁がとけてしまったかのように無防備だ。

かわいいな、と思った。

それと同時に、こんなかわいらしい少女が兄の婚約者であることを苦々しく思った。

兄のシドゥンゲリアは、人一倍コンプレックスが強い。なにかと誰かと比べては劣等感を刺激され、他者を攻撃するようなやつだ。

この女の子がそんなやつの八つ当たりの矛先にされるかもしれない、と思うと苦々しさ以上に腹も立った。

彼女——ミュライアは、彼に精霊の存在を教えてくれた。

そして、今、ベルリフォートの肩に乗っていると言う。触れてみると、少しあたたかい……ような気がした。気のせいかもしれないし、もしかしたらほんの少し、あたたかさがあるのかもしれない。

どちらかわからなかったが、精霊たちからなにを聞いたのか彼女は次第に笑みをこぼした。

そして、ついに吹き出した。

「ふ、ふふ、あはははは！」

さっきまで、泣いていた子が笑った。

まだ目尻に涙の雫が残っているのに、まつ毛が濡れているのに、彼女はこらえきれないように笑い出したのだ。

ベルリフォートは、半ば呆然とした。

突然笑い出した彼女に、ではない。

さっきまでずっと泣いていたのに、笑った彼女の——その子の笑った顔が、とてもかわいかったから。

頬を赤く染めてくすくす笑うミュライアは、無邪気で、素直で、かわいかった。

「あのね、あなたが今触れてるのは精霊なの。闇の精霊よ。精霊たちはみんな優しいんだけど闇の精霊のビビはね、いたずらっ子で人懐っこいの」

彼女はそれから他の精霊たちの説明もしたけれど、彼はあまりその話が頭に入らなかった。楽しそうに話す彼女があまりにもかわいくて、話の内容はどうでもよくなってしまったからだ。

胸が締めつけられるような、くすぐったいような、よくわからない感情に襲われた。

その時はまだ、明確な名前をつけることはできなかったが、一年、二年、と経過すれば次第に気がついた。

彼はあの時、彼女に心を奪われた、と。

心を奪われる、という表現がまさにふさわしいだろう。

春のあたたかな日差しを受けた彼女は、さながら春の妖精のようでもあった。パッと突然彼の前に現れては、彼の心を奪ったいたずら好きの妖精。神秘的なラベンダー色の髪も相まって、彼は半ば本気でそう思った。

しかし、口が裂けてもそんな乙女チックなことは言えない。

表面上は距離を保ったまま、ずっと彼はミュライアのことを見ていた。

ミュライアと初めて出会った春が去り、夏が来て秋が終わり、冬が訪れる。一年、二年、と月日が経過するたびに、ミュライアの表情は硬いものになった。

シドゥンゲリアの婚約者である彼女と過度に接触するのは褒められたことではない。

そのため、ベルリフォートとミュライアが顔を合わせる機会は滅多になかった。

ミュライアは、今年十五歳を迎え、社交界デビューを果たした。

シドゥンゲリアとはあまりうまくいっていないようで、彼は当てつけのように恋人のエライザばかり夜会に連れてくる。

傍目から見ても、ミュライアは大切にされていなかった。

そんなに無下に扱うなら、僕にくれ、と何度言おうとしたか。

しかし、ベルリフォートが彼女を想っているとシドゥンゲリアに知られれば、あの兄はなにをするかわからない。まず間違いなく、ここぞとばかりにさらにミュライアに辛く当たるだろう。

シドゥンゲリアは、三つ年下の弟を毛嫌いしている。彼にとってベルリフォートは、目障りな存在なのだろう。

シドゥンゲリアは、あまり勉強の才がなかった。彼は机でじっとしているよりも剣を振り回す方を好む。ベルリフォートはその逆で、剣技よりも勉学を好んだ。

それはただの嗜好の違いに過ぎないのだが、それがより、シドゥンゲリアをいらつかせているようだった。

夜会で見かけたミュライアは、ひっそりと壁の花となっていた。今日も、シドゥンゲリアはエライザをエスコートしている。

兄のやりたい放題にため息が漏れるが、立場上ベルリフォートが動くことはできない。

ミュライアは人形のように無表情でただ静かに立っていた。

（髪が伸びたな……）

ミュライアは、笑みをまったく浮かべていなかった。ただ、ひたすら無表情だ。

その無表情の裏で、なにを思っているのか、ベルリフォートにもまったくわからない。

彼女は、顔立ちが整った美人なだけに、無表情だとひとを近寄らせない圧がある。

現に、彼女の周囲は不自然なほどぽっかりと空いている。遠目から、ちらちらと彼女を見るひとはいるが、誰も話しかけたりはしない。

彼女は、笑うとそれはそれは、天使のようにかわいいのだ。無邪気に笑う、春の妖精みたいな女の子。

そんな彼女を、冷たい人形に変えたのは、他でもないシドゥンゲリアだ。

ミュライアの婚約者は、彼女のことを【感情のない鉄仮面】と話し、ばかにしていると伝え聞いた。

だけど、彼女をそうさせたのはシドゥンゲリアだ。

彼が、ミュライアを大切にしないから。

ミュライアに妙な敵愾心を抱き、反発し、排除しようとするから、彼女は心を閉ざした。心に鍵をかけ、武装し、鎧を纏った。

年々、表情を殺し、涙どころか笑みすら浮かべなくなった彼女の心は、確実に悲鳴をあげている。

きっと、今も精霊たちは彼女の近くにいてくれるのだろう。それだけが、ベルリフォートの救いでもあった。

そうでもなければ、彼女は孤独になってしまう。

【聖女】としての姿を求められ、泣くことも許されない彼女を思い出す。

ベルリフォートの立場では、彼女を慰めることすらできない。そんな自分が不甲斐ないが、だからといって感情のままに行動するわけにもいかない。

ミュライアをシドゥンゲリアの婚約者から外したい。

ずっとそう思っていた。

だが、現実問題、聖女である彼女を王太子の婚約者から外すのはかなり難しい。

対外的に見ても、影響力を考えても、彼らの婚約が白紙に戻される可能性はゼロに等しいだろう。

（それなら、僕が王になれば……？）

それは、当然のように頭に浮かんだ考えだった。

あまりにも大それた考えだったが、それを思いついた瞬間、ベルリフォートの肌はざわざわとした。鳥肌が立ち、興奮とも緊張ともつかないほどに思考は研ぎ澄まされた。

（僕が王になれば、聖女《ミュライア》は僕の妻になる）

誰かが聞けば卒倒ものだが、用心深い彼は誰にも本心を告げることはしなかった。王位を狙うなら、早ければ早い方がいい。

幸い、彼は国内屈指の有力貴族、レッサー公爵家の血を引いている。レッサー公爵はもとから、ベルリフォートに王位を継いでほしいと目論んでいた。

あとは、ベルリフォートがどう動くか。

それにすべてがかかっている。

ベルリフォートは未だ婚約者が決まっていない。

彼の婚約は、シドゥンゲリアが結婚してから、あるいは子が生まれてからになるだろう。

不用意にベルリフォートの方に先に子ができるようなことがあれば、王位継承問題に響きかねない。

南の国で革命が起きたために、ほんの少しの火種も作らせてなるものかと、周囲は必要以上にピリピリしていた。

正攻法でシドゥンゲリアを失脚させるのは、無理だ。最悪、泥沼の政争となる。

そう考えたベルリフォートは、シドゥンゲリア側の人間をひそかに引き抜き、少しずつ味方を増やし始めた。内部崩壊を狙うのがいちばんだが、内部の人間を抱き込んでシドゥンゲリアを毒殺する方が確実だと踏んだからだ。

向こうも似たような考えで、ベルリフォートの食事に毒が混ぜられることも多々あった。

水面下で、王位継承争いは徐々に激しくなっていった。

そんな時、エレアント家から親書が届いた。

差出人は、エライザ・エレアント。

シドゥンゲリアの恋人だ。

(罠か？)

怪しんだが、なにも聞かずに突き返すのは勿体ない。使える手は、なんでも使う。

シドゥンゲリアの失脚に、エライザも使えるかもしれないからだ。ベルリフォートは、手段は選ばなかった。

綺麗事だけでは、覇権を握ることはできない。

王位を奪うとは、そういうことだ。

裏切りは日常だし、信頼できる人間は極わずか。その信頼も、感情的なものではなく、あくまで取引を重ねて築いた現実的なものだった。

世の中はすべて金で動くし、よそにうまい話があれば簡単にひとは裏切る。

泥水を啜り、非情な選択を繰り返し、身を切るような思いをして、ようやく求めた席は得られるのだ。王位が欲しいわけではない。

ただ、王位がなければ、彼女は手に入らない。そのために、王という立場が必要だった。

他はすべて、付属物に過ぎない。

エライザに呼び出された場所は、馬車の中だった。人目を忍ぶようにいくつも馬車を乗り継いだ先で、エライザと会う。

彼女は、ベルリフォートが訪れると目を輝かせた。

「待っていたのよ！　ベルリフォート。来てくれたのね」

すかさず距離を詰めようとする彼女を手を差し出して制する。慎重に慎重を重ね、ベルリフォートは腹心の部下をひとり連れてきていた。

彼女は、ベルリフォートが連れてきた男を見るとあからさまに不満そうにした。

「誰？　その方。私、ふたりきりがいいと手紙に書いたはずよ」

「あなたが私を売らないとも限らなかったので、布石を打っておいたんですよ」

彼女は、あからさまに気分を害した様子だった。彼女の対面に座り、ベルリフォートは足を組んだ。

「あなたは、兄の恋人だ。ふたりきりで密会しているところを兄の手の者に押さえさせて私の失脚を狙う可能性だってある」

「私が、シドゥンゲリアの差し金で動いていると言いたいの？」

エライザの口調は妙に馴れ馴れしかった。ひとの目がある時は立場を考慮した話し方をしていたはずなのに、今は親しげに話しかけてくる。

ベルリフォートは、彼女の言葉には答えずに意味深な笑みを浮かべた。

「それで、あなたのお話は？」

エライザの手紙に書かれていたのは、【内密の相談があるからふたりきりで話したい】というものだった。政敵の恋人からの誘いだ。どう考えても罠としか思えない。ベルリフォートが部下を連れてきたのは、当然とも言えることだった。

エライザは眉を寄せていたが、渋々口を開いた。

「ねえ、ベルリフォート。あなた、王位が欲しいの？」

単刀直入に、彼女は尋ねてきた。

ベルリフォートは瞳を細めたが、返答はしない。

だけど否定しなかったことで、彼の答えを知ったのだろう。エライザは森色の瞳を猫のように細めて見せた。くるくるとした金の髪に、丸い瞳。妖精姫とあだ名されている彼女の容姿は、確かに神秘的で愛らしいが、彼にとって【妖精】はひとりしかいない。

それに、今目の前に座る彼女は人工的な妖精だ。ひとの手で作られた、どこかあざとい、よそよそしさがあった。

たとえるなら、彼女は鍍金《めっき》で作られた装飾品のようだ。無理に、その型に当てはめているかのような歪さすら感じる。

そう思ってしまうのは、ベルリフォートが偏った見方をしてしまうからだろうか。

そもそも、婚約者のいる男の愛人になる女が妖精なわけがない。

エライザは、ベルリフォートの冷たい視線を受けながらも微笑みを浮かべた。

この食えない厚顔さもまた、ベルリフォートが彼女を嫌う理由のひとつだった。

「いいわよ。私が、あなたに協力してあげても？」

「兄を裏切ると？」

「私、本気でシドゥンゲリアを好きなわけではないもの。私と彼の関係はギブアンドテイクよ。持ちつ持たれつ、ってやつ？　シドゥンゲリアは、ミュライアに当てつけで私を恋人にしているだけ。あの男も相当歪んでいるわ」

楽しげにエライザは笑った。

偽りの関係なのかもしれないが、仮にも恋人の想いが自分にないと話しているのに妙にエライザは楽しそうだ。くるくるとした巻き毛を指に巻きつける。

「その代わり……。ねぇ、私ミュライアが大嫌いなの。あの女をどうにかしてくれるなら、私あなたに協力する。なんでもするわ」

意味深に、彼女が身を乗り出し、ベルリフォートの指に自身の指を絡ませてきた。それを無感情に見たベルリフォートは、あっさりと絡んだ指先を解いた。エライザが眉を寄せる。

「あなたは、勘違いしているようだ」

「なにを？」

「あなたは、エレアントの令嬢とはいえ、王族の私には敵わない。口の利き方もなってない礼儀知らずの令嬢と話すほど、私は暇ではない。話がそれだけなら、私は失礼するが？」

「な――」

にべもないベルリフォートの様子に、彼女は顔を赤くした。今までにない屈辱と、侮辱だった。

大抵の男は、エライザが身を寄せて親密そうにするだけで言うことを聞いた。

エライザは、まさに深窓の令嬢のような容姿をしている。ふわふわとした金髪は太陽の光をふんだんに含んだような柔らかさがあるし、朝の清涼な空気を湛える森色の瞳はあたたかさと爽やかさがあった。

軽やかな声は柔らかく、かわいらしい。

ちいさな頭に、ちいさなくちびる。さらさらとした金の髪も合わさって、彼女は森の妖精とまで呼ばれているほどだ。

自身を前にしても変わらず、いや、それどころかゴミでも見るような視線を向けてくるベルリフォートに、エライザは腹が立った。

「後悔するわよ」

「私が？」

「私にこんな恥をかかせてタダで済むと思っているの？」

（今度は脅迫か……）

事前調査で、エライザがヒステリックな性質であることをベルリフォートは知っていた。

感情的な女に絡まれてうんざりしていたが、ここで鼻っ柱を折れば彼女は憤慨し、ベルリフォートに執着するようになるかもしれない。

そう思った彼は、嫌々ながらフォローの言葉を探した。

「あなたの話は、今の私には不要だと答えたまでです。そもそも私は、王位など求めていません。あなたには、兄を支えていただきたい。兄をお願いします」

「なによそれ……」

まさか、水面下で苛烈な王位継承争いを起こしているベルリフォートが王位を狙っていないと言うとは思わなかったのだろう。

エライザはあからさまに動揺した。

その隙に、ベルリフォートは馬車を降りた。彼女が慌てたようにベルリフォートを呼んだが、それは聞こえないふりをさせてもらった。

あの女は頭が悪そうだし、下手にこちらに引き込むのは危険だ。それは、いつ爆発するかわからない爆弾を抱えるようなものだ。爆発するならシドゥンゲリアのところで爆発してほしい。

それで、ふたりの話は終わったはずだった。

――のだが。

エライザは、自身の話を断られたのがよっぽどプライドに障ったのか、それからも執拗にベルリフォートに接触してきた。

恋人が他の男ばかりを構うことで、シドゥンゲリアが絡んできたら面倒だと思ったが、意外にもシドゥンゲリアはなにも言わない。

シドゥンゲリアとエライザの関係は、かなりドライなようだ。

あるいは、やはりエライザはシドゥンゲリアの仕掛けた罠そのものだったのかもしれない。

警戒を緩めることなく、エライザの誘いはやんわりと躱していたがエライザの要求は、どんどんエスカレートした。

最終的に彼女は『シドゥンゲリアを失脚させる手伝いをしてやるから恋人になれ』と言ってくるようになった。

そもそもベルリフォートは王位を望んでいないとはっきり断ったにもかかわらず、だ。

あまりのしつこさと、王位王位とうるさい女にやはりシドゥンゲリアが寄越したスパイかとも思ったが、それにしてはエライザは頭が悪すぎた。

明らかな機密情報をペラペラと口にしては、見返りを要求してきた。

キスをしろ、デートをしろ、ドレスを贈れ、仮面舞踏会のエスコートをしろ、と要求に暇がない。

ここまで来れば、ベルリフォートにもわかってきた。この女はただ単に、思い通りにならないベルリフォートに執着しているだけなのだ、と。

蛇のように粘着質な彼女に手を焼いていたがある日、国王が突然死した。

それは暗殺とも言われたし、自殺とも噂かれた。侍医の見立てによれば、病死、とのことだ。

王は、就寝中に突然心臓発作を起こして事切れていた。

突然の王の崩御に、当然議会には動揺が走った。

もともと、ベルリフォートを王位に、と推していた第二王子派は王妃がタザールに逃げ帰ったこともあり、後ろ盾のない第一王子よりも、フェランドゥール貴族の血を引くベルリフォートの方が由緒正しい血筋だと主張した。

王位継承争いは揉めに揉めたが、結局、シドゥンゲリアが強引に即位した。

聖女の婚約者であることも大きく、シドゥンゲリア派の人間はそれを盾に無理に推し進めたのだ。

強引な戴冠式だったので、当然反発も起きる。

南で革命が直近に起きたこともあり、シドゥンゲリアを失脚させるのはそう難しくない話、だったはずだ。

少なくとも、エライザに嵌められたあの日までは。

ベルリフォートはその日、仲間から重大な情報を入手したと連絡があった。

幾人もひとを挟んだ呼び出しは、巧妙に工作された罠だった。

その仲間は、過去政敵であったがベルリフォートが味方に引き込んだ人間だった。

しかし、シドゥンゲリアが即位したことで敵側に寝返ったらしい。

呼び出し先に向かえばエライザがいて、近衛騎士が雪崩込み、あっという間にベルリフォートは王の恋人に手を出した大罪人となった。

ベルリフォートは決して脱走しないようにと地下深くの牢に収監されたが、すぐにその原因となった女がベルリフォートの前に現れた。

カツン、カツン、と靴音がした時点で彼女だろう、と予感はしていた。

エライザは、不貞をしていたなら彼女も同罪なはずなのに、彼女が捕えられることはなかった。無罪放免である。

「いい姿ね、ベルリフォート。大罪人となった気分はどーお？」

「まさか地下牢《ここ》に入ることになるとは思わなかったから、想定外ってところかな」

嵌められた以上、もう丁寧に話す気もなかった。地下牢は大罪人を収監する場所であり、王族が入れられるなど前代未聞だった。

ベルリフォートが地下牢に収監されたと知れば、議会も荒れるだろう。不満が爆発し、暴動となり、南の国のように革命となる前にベルリフォートは早くこの場所から抜け出さなければならない。

既に手は打ってあるので、あとは待つだけだ。

捕えられたくせに悠長なベルリフォートに腹が立ったのだろう。エライザは、カンカン！とヒールを鳴らして憎々しげにベルリフォートを睨みつけた。

「あなた！　処刑されるんですって、聞いた⁉」

「ああ、あの兄なら言いかねないね。独裁者でもなるつもり？　って聞いておいてよ」

「なぜそんなに落ち着いてられるの⁉　殺されるのよ！」

「あんたが嵌めてくれたおかげでね」

「私ならあなたを助けられるわ。ねえ、ベルリフォート。私のものになりなさい。あなたを助けてあげるわ」

エライザの言葉に、今度こそベルリフォートは鼻で笑った。牢番はふたりの話を聞いているが、彼はベルリフォートの息がかかった人間なので問題はなかった。

「あんたに助けてもらう？　崖から突き落とした相手に助けてほしいか聞いているようなものだろ、それ」

とんだマッチポンプもあるものだ。

あからさまに取り合わない様子のベルリフォートに、ますますエライザは頭に血が上ったようだった。

「私、あなたのそういうところが嫌いなのよ！　優しい王子様、なんて言われていたけど、実際のあなたはとんだ皮肉屋だわ。冷たくて冷酷で、感情なんてないんじゃない？　強《したた》かに王位を狙ってるみたいだけど、それしか興味がないの？　そんな強欲な人間だったなんて知らなかったわ」

エライザは勘違いしている。

そもそもベルリフォートは王位が欲しいのではなく、ミュライアが欲しいから、仕方なく王位も求めているだけだ。王位はおまけに過ぎない。

しかしそれを彼女に説明する義理はない。ベルリフォートはちらりと彼女を見ただけで、なにも答えなかった。

その反応に、ますますエライザは腹が立ったようだ。森の妖精と呼ばれた彼女の顔は、怒りのあまり無表情となっている。

「お前‼　ここを開けなさい！」

エライザは牢番を怒鳴りつけたが、そもそもその牢番はベルリフォートの手の人間だ。彼女の言うことを聞くはずがない。牢番は王の恋人に臆したふりをしながら、決して首を縦に振らなかった。

『ベルリフォートは大罪人だからなにをするかわからない』やら『エライザ様になにかあったら今度は自分が死刑になる』やら。

あれこれと言い訳めいたことを口にし、鍵を差し出さない。ついにエライザは時間がなくなったのか、地団駄を踏んで牢を後にした。

彼女の滞在時間は一時間にも満たなかったが、ドッと疲れた。

（あの女に嵌められたのは想定外だったが……ものは考えようか）

ベルリフォートは、今まで第二王子、そしてシドゥンゲリアが即位してからは王弟として行動してきた。なにをするにも人目があるため、彼は自由に動けなかった。

しかし、賽は振られた。

これは、転機だ。

これをチャンスとするかしないかはすべて、ベルリフォートにかかっている。

足場は固めた。あとは、チェックメイトをするだけ。時間をかけただけあって、根回しは既に済んでいる。あとは仕上げだ。

ベルリフォートは、冷たい石壁に背を預け、目を閉じた。

思い出すのは、春の日に笑う、妖精のような彼女の姿。

もう長く、あんなふうに笑う彼女を見ていない。ここ数年、彼女は感情を忘れてしまったかのようにずっと無表情だ。

本格的に、ベルリフォートは王位を奪還する術を整え始めた。

あの日の彼女を取り戻すため。

いや、違うな、と彼は思った。

（僕が、彼女を欲しいだけだ）

欲を言うなら。もし、許されるのなら。

また、笑ってほしいと思った。

彼女に、あの春の日のように。無邪気に、楽しそうに。

(それが見られれば……それが見られたら、僕は)

なんの約束も、なんの確証もない。

彼女が、ベルリフォートを受け入れてくれるかもわからない。それでも、諦める気は毛頭なかったし、諦めたいとも思わなかった。

ただ、彼は誓っていた。

春の日の自分に。

あの時の記憶に。

また、彼女の笑顔が見たい。

そうだ、彼が願っているのはただそれだけだ。王位も、権力もいらなかった。

ただ、幸せそうに笑う彼女だけが、ベルリフォートは見たかった。

☆

「出た方がいい、って」

確かに私はそのつもりだったけれど。

だけど、城の結界が壊されたために今のこの状態がある。

もし、私が今ここで逃げたら、国は。民は――。

戸惑う私に、彼が笑った。

「僕はこの国を立て直す。父が亡くなった後、兄は権力に呑まれ、ひととしての心を失ってしまった。あれはもはや、ひとの姿をした化け物だ。僕は肉親として、同じ血を持つ者として、彼を止める義務が――世を正す責務がある。だから、ミュライア」

彼がまた一歩、足を進めた。

そして、生い茂る草の上に膝をついた。

「ベルリフォート様……!?」

「僕が、この国を立て直したら。きみに誇れる王となり、統治者となり、後始末を終えたら。

僕と、結婚してほしい」

「――…………は？」

驚きに、言葉がなにも出てこなかった。

（けっこん？　……けっこんて、あの、結婚……!?）

動揺する私とは裏腹に、周囲を踊る精霊たちは楽しそうに悲鳴をあげた。

《きゃあっ。求婚よ、求婚！》

《ずいぶん絵になるわね……。八十点ってところかしら。ううん、でもまだなにも成しとげてないし、やっぱり六十九点？》

はしゃぐジレに、点数をつけるネモ。

高得点だったのに、すぐさま十一点も減点されてしまったあたり、手厳しい。

《やるじゃねーか、ベルリ！》

《確かに国を立て直せたなら？　今の王家はどーしよーもないって思ってたけど……。そうじゃないって証明できるなら、ミュライアをあげてもいいけど？》

ベルリフォート様を気に入ったのか、突然愛称で呼び始めたビビに、品定めするような目で見るルクレ。

精霊たちの声を聞いて、ようやく私は我に返った。

「……えーと……あの、それは、求婚……ということで合っていますか？」

困惑する。

だってベルリフォート様とは、一年前に会ったきり。私と彼は特別仲がよかったわけではない。

そもそも、私はつい先日まで婚約者がいた身だ。

自分が誰かに恋をする、とか。恋愛結婚とか、微塵もその可能性を考えていなかった。

当惑した私に、ベルリフォート様が跪いたまま、その手を胸に当てた。

まるで騎士の勲章式《アコレード》のようだ。

これで私が剣を持っていたら、もはやそれにしか見えなかっただろう。

そういえば、ベルリフォート様は騎士団に所属されていたな、とふと思い出した。

彼が胸に拳を当て、まつ毛を伏せ、頭を垂れた。

太陽の光を浴びた白金の髪は、いつもより色が薄く見える。

彼の整った容姿がそう見せるのか、まるで神聖な儀式のようだ。

「……兄を討ってから、言おうと思っていた。僕はきみに、自由な人生を歩んでほしい。少なくとも、王城に縛りつけるような生き方はしてほしくなかった」

「…………」

「だから、内乱《クーデター》を起こそうと考えた。あわよくば、ミュライア。きみの心を、少しでいい。僕にほんのひとかけらでもくれるのなら。……そう思った。でも、きみは断ってくれても構わない。これは強制じゃない。ただ、ひとつの可能性として知っていてほしかったんだ」

《控えめ～。そこはもっと強気でいきなさいよ。男らしくないんだから》

鋭く言葉を差し挟んだのは、ルクレだった。

ルクレの言葉は、ベルリフォート様にはもちろん聞こえない。

「聖女は守られるべき存在だ。そして、守るのは、僕たち王族であり、権力者だ。そういう形を取る必要がある」

「……ベルリフォート様は、私の立場を慮《おもんぱか》って、求婚してくださった、と？」

「違うよ。僕はただ、僕の心に従ってきみに愛の告白をしたんだ。僕は、囚われているんだよ。あの春の日。淡い青空の下で楽しそうにはにかむきみを見て、僕は恋に落ちた」

彼と初めて会ったのは、雪解けを迎えた春の日のことだった。

彼は、物腰も穏やかで静かなひとだった。

兄であるシドゥンゲリア国王陛下より前に出ることはなく、政権争いから距離を取っていたので、争いを好まないのかと思っていた。

どこか浮世離れした容姿も、私の想像を裏づける理由のひとつとなっていた。

彼は――吟遊詩人のような独特の雰囲気を持っている。

「また、きみにあの時のように笑ってほしい。……それだけなんだ」

「あの時……」

意図せず、彼の言葉を繰り返した。

彼と初めて会った時のことを言っているのだろうか。

あの時は、彼が王子だなんて知らなかったから、かなり砕けた態度を取ってしまった覚えがある。

「また会いに行く。それまでに、答えを出してくれたら嬉しい」

ベルリフォート様はそう言うと、話をまとめにかかってしまった。

それでハッとする。

そうだ。彼は、早くこの国を出るように言っていたのだ。

だけど私は――。

彼は、このままここを去る気なのだろう。立ち上がった彼に続いて、私もまた、切り株から腰を上げた。

「待ってください。私は、この国を出ません」

私は真っ直ぐベルリフォート様を見た。

「城に瘴気が蔓延しているのは、城内の花園が失われてしまったからです」

私がそう言うと、ベルリフォート様はわずかに目を見開いた。

「あれは、結界の役目を果たしていた……と精霊たちが言っています。花園がなくなってしまったから、今、王城は危機にある。……そうよね？」

ちらりと視線を向ければ、水色と緑色の優しい気配がふわふわと揺れている。

《ええ、そうよ。でも、ふつうの花を植えたところで意味はないの。だって、あの花は特別なものだから》

答えたのはネモだ。

私は少し考えてから、ネモに尋ねた。

「じゃあ、特別な花を植えたら、結界はもと通りになるの？」

ベルリフォート様は突然虚空に向かって話し出した私を見て、それが精霊だと察したようだった。彼は不気味そうな視線を向けることなく、静かに私を見つめていた。

話が終わるのを待ってくれているようだ。

その気遣いが嬉しく、ありがたい。ひとりで話す私は、はたから見たら少し、いやかなり危ないひとだろう。でも、彼は信じてくれている。

そのことに内心、安堵していた。

ルクレがふわふわ、ゆらゆら揺れながら言葉を紡いだ。

《あのね、ミュライア。結界を張り直す方法は――》

☆

ガシャン、と硝子が割れる音が響く。

寝室の中には、ひとりの女性がいた。

彼女は、ドレッサーの前で自身の頬を両手で挟み込むように押さえつけていた。

顔色は非常に悪く、青ざめている。

彼女は、震える声で叫んだ。

「っ…………信じられない！　信じないわ‼　こんなの‼」

がしゃん、また、硝子が割れる。

彼女はドレッサーの鏡を、拳で叩き割っていたのだった。

彼女の周りに鏡の破片がいくつも転がった。

そのけたたましい音と甲高い声を聞きつけて、慌ててメイドが数人寝室に入ってくる。

しかし、彼女はそちらを見ない。

自身の髪を掴み、危機迫った顔をしてカーペットを睨みつけている。

「私の、私の完璧な美貌がこんな……醜悪な‼」

「エライザお嬢様。落ち着いてくださいませ。王都からはずいぶん離れました。瘴気の影響ももう――」

エライザは、宥めたメイドをギッと睨みつけると、突然彼女の顎を鷲掴みにした。

「きゃあ！」

「エライザ様！　おやめください！」

「うるさい‼　お前たち、みな私をばかにしてるんでしょう。哀れんでいるのでしょう？　女の顔にこんな……。爛《ただ》れたような真っ黒な痕があったら誰も私に見向きしない！　いいえ、見るは見るのでしょうね！　でもいい笑い者よ！　……っ、そんな目で私を見るなぁあ‼」

エライザは髪を振り乱して喚いたかと思うと、掴み寄せていたメイドを乱暴に振りほどいた。

強引に振り払われたメイドが、カーペットに倒れ込む。他のメイドが恐れ戦くようにエライザを見ると、彼女は我に返ったように鏡に映り込んだ自分を見た。

自慢だったブロンドの髪は乱れ、荒れ果てている。この一カ月まったく眠れなかったせいもあり、目は赤く充血し、顔の輪郭も削げている。

鏡の中に映る己の顔を見てまたエライザは発狂した。

「いやあああああ‼」

頭を押さえ、金切り声をあげる彼女を前にして、メイドが鋭く指示を出す。

「早く鎮静剤を……！　いえ、医者を呼んで！　急いで‼」

社交界の花と呼ばれた彼女の顔も、今やその半分が黒く焼けただれていた。

エライザは頭を抱えてぶつぶつとしゃべり出す。まるで、メイドの言葉など一切聞こえていないかのように。

「これはなに？　呪い？　呪いなの？　……あの女の？　これが聖女の……」

バタバタとメイドとともに医者と思わしき白衣に身を包んだ男が寝室に訪れた。エライザは数人がかりで抱き起されると、そのままソファへ連れていかれる。ぐったりと弛緩したエライザは抗うことなくぼんやりと宙を見つめていた。

「聖女……聖女の呪いを解くには……。神殿？　神殿、なら……？」

これが女神の愛し子による呪いであるのならば。女神を讃える神殿なら、もしかしたらなんとかなるかもしれない。神殿に行ったところでなにがあるわけではないが、もはやエライザにはそれしか縋るものがなかった。

女神も聖女も、あれだけばかにしておいてなにをと思われるだろうが、もうエライザはなりふり構っていられない。これ以上、自慢の美貌が失われるのは避けたかった。

実際は、彼女の体を侵しているのは聖女の呪いなどではなく、王城に漂う瘴気が原因なのだが彼女はそれを知らない。そのため虚ろな目をして、縋る思いでぽつぽつと呟いた。

「神殿……神殿に行けば……。そうよ、女神様は助けてくれるわ。だって私はフェランドールの民なのだから……」

自分に都合のいいことばかり口にするエライザに構わず、メイドが彼女のくちびるにグラスを押し当てる。用意した水には医者が鎮静剤を適量混ぜていた。メイドと医者は協力して、そのまま、有無を言わせず彼女に水を飲ませた。

ぼんやりとしていたエライザはようやく我に返り、また暴れ出す。

「げほっ、ごほっ！　なに……なにするのよ‼　なにを飲ませたの⁉　ま、まさかお前たちもあの女の手先じゃないでしょうね！」

エライザの暴走は止まらない。すべてが敵だと思い込んだ彼女は力の限り暴れた。彼女の手足を押さえていたメイドが殴られ蹴られ、悲鳴をあげる。

「お嬢様、落ち着いてくださいませ！　もう少ししたら効いてくるはずですから……！」

やがて、エライザは薬が効いてくると意識を失った。最後まで、頭にあるのは神殿のことだった。今まで女神も聖女もくだらないと思っていた。そんなものに固執するなど愚かの極みだ、とも。

だけど実際に未知の力に触れ――今さらながら彼女は後悔していた。

信じてもいなかった女神に救いを求め、助けてほしいと縋ってしまうほどには。

☆

あれから一週間が経過した。ベルリフォート様と私は、王城の結界を張り直すために三つの泉を回ることに決めた。
《あのね、ミュライア。結界を張り直す方法は、種なの》
「種？」
尋ねると、ルクレはくるり、と一回転する。
頷く代わりのようだ。
《そう。王城の花園に咲いているのは特別な花だった。どう特別か、というとね。それは、女神様が生み出した種だからなのよ。だから、人間たちがいくら新しく花を植えようとも、意味がない》
ルクレはさらに説明した。

一度瘴気に蝕まれ、侵された国、フェランドゥールは、その瘴気を祓うために結界を作った。

その歴史は、今から一千年前にも遡る。

フェランドゥール初代国王は、女神からもたらされた三つの種を、それぞれ東南、西南、北に植えたという。

そして、その三カ所に大神殿を建て、大切に花を守っている。

それが、フェランドゥールが花の国と言われる所以だ。

王城の花園には、四つの花が植えられていた。

鮮やかな橙色の花、コスモス。

マスカットのように稲穂のように下がる、アマランサス。

鮮やかな桔梗色のスターチス。

そして、女神の愛する花、薔薇。

コスモス、アマランサス、スターチスを守っている大神殿に向かい、種を入手し、それを王城の庭園に植える。

あとは、精霊たちの力で育めば、結界は張り直されるという。

その話を聞いた私はふと、気になったことを彼らに尋ねた。

「三つの神殿にあるのはコスモス、アマランサス、スターチスだけなのよね？　……薔薇は？」

尋ねると、精霊たちは不自然に沈黙した。

それに疑問を感じたところで、ベルリフォート様が私に尋ねた。

「……なにかわかった？」

それまで、ずっと待っていてくれたのだ。

彼には精霊たちの声など聞こえないのに。

はたから見たら、ただ私が突然、なにもない場所に向かって話しかけている変質者に見えたことだろう。

それなのに彼は、根気よく待ってくれていた。

彼を放ったらかしにしていたことに気が付いた私は、慌ててベルリフォート様に説明したのだ。


私とベルリフォート様は、いちばん近い泉。アマランサスの神殿へと向かっていた。

私の目立つラベンダー色の髪はフードの中にしまい、ベルリフォート様とのふたり旅だ。

移動手段は馬車で、用意はすべて彼が行ってくれた。

聖女を捜している王国騎士は思いもしないだろう。

実はベルリフォート様が生きていて、さらには私と行動をともにしている、なんて。

ベルリフォート様は、濡れ衣を着せられて処刑されそうになった時、逆にチャンスだと思ったらしい。

前国王陛下が亡くなり、シドゥンゲリア国王陛下が王位を継いでから、彼は王弟という立場になった。

彼の行動を誰もが注視し、行動する時は細心の注意を払わなければならなかった。

だけど、逆にベルリフォート様が亡きものとなれば、彼は制限なく動ける、というわけだ。

彼の処刑方法は王族だということもあり、毒杯を呷る、というものだったが彼は最期の食事に酒を頼んだという。そして、アルコール度数の高い酒――ウォッカを用意させると、燭台の火をつけて燃やし、小火《ぼや》を起こした。

冬という季節柄、乾燥していたこともあって、牢内はあっという間に炎に包まれた。

処刑人、そして実の兄に監視されながら死ぬのを苦痛に思った彼が自ら火を放ち焼死した。

ここまでが、王家から正式に発表された内容だ。

私も、今までそうなのだと思っていた。

だけど、実際は違った。彼は仲間の手引きによって引火しやすい布や枯れ葉を用意させ、意図的に大火事を起こしたのだ。自身が死んだと思わせるために。

地下牢は一晩燃え続けたという。

その階にはベルリフォート様しか収監されていなかったので巻き込まれたひとはいない。

それから彼はひそかに行動していたという。シドゥンゲリア国王陛下も、ベルリフォート様が死んだものとしてまったく警戒していなかった。

死んだと思われた彼は、水面下で現在の王政に不満を持つ人間と接触し、内密に計画を練っていた。

その話を聞いた時、私は唖然とした。

逆転の発想というか、肝が座っている、というか。

虎視眈々と機会を狙うさまは蛇を思わせる。

(もしかしてシドゥンゲリア国王陛下より、ベルリフォート様の方がよほど王冠を戴くにふさわしい人物なのではないかしら……?)

私はひそかにそう思った。

「お手をどうぞ、お姫様」

「………ありがとうございます」

彼の手を取って、馬車を降りる。

ほんとうは手を借りずとも降りられるのだが、彼が手を伸ばしてくれるので、ありがたくそのエスコートを受け取っていた。

思えば、こんなに丁寧に接してもらったことは今までなかったかもしれない。

シドゥンゲリア国王陛下は、私と顔を合わせればいつも苦いものを口にしたような顔をしていた。

嫌われているのだろうな、とは思っていたけれど。

「……神殿はもう目の前だね。ミュライア、疲れていない？」

彼に声をかけられて、私はフードを目深に被ったまま頷いた。

神殿へ入る方法だが、そこはベルリフォート様にツテがあるらしい。

そもそも、彼は内乱を起こす気だったのだ。

あちこちに、彼を支援する者がいる。

私がシドゥンゲリア国王陛下に捕らえられず、変わらぬ日々を過ごしていたのなら、きっと彼の内乱は成功していたことだろう。

そう思わせるほどに、彼の計画は綿密だった。

その人脈といい、用意のよさといい、この計画は昨日今日に始まったものではないのだろう。

「ありがとうございます。疲れては、いません」

「それならいいんだけど……。無理はしないで」

「少しくらいの無茶なら慣れています。これでも聖女として、三日に一度の義務を怠ったことはありません。私、根気だけなら結構自信があるんですよ」

ベルリフォート様は、私の言葉を信じてくれた。

精霊という、彼の目には見えない存在を受け入れ、さらには彼らの言葉を信じてくれた。

目に見えないものを信じる、ということはなかなかできないものだ。

今後の私たちと国の未来を左右する大事なものなら、なおさら。

彼が、私を。

精霊たちを信じてくれるのはもしかして――。

（私を好きだから……？）

いや、そんなまさか。

そんなことで安易にひとを信じるはずがない。

そう思って首を横に振ったところで、挙動不審な私の様子が気になったのだろう。

ベルリフォート様が首を傾げて私を見た。

緩くハーフアップにしている彼の白金の髪が、肩に流れる。

ふたりともフードを被っていると怪しいから、という理由で、彼はフードを脱いでいた。

「どうかした？」

「…………」

つい最近。

一週間前に、彼は私を好きだと言った。

それ以来、ベルリフォート様は感情を匂わせるような発言をしなくなった。

うっかりすると、あれはやはり白昼夢だったのではないかと思ってしまうほどだ。

私はよほど物言いたげな顔をしていたのだろう。

彼がふっ、と笑った。

それが余裕に満ち溢れた笑みに見えて、より落ち着かない。

ベルリフォート様は二十歳。

私は、十七歳。

私とたった、三歳しか離れていないのに。

「ベルリフォート様は……私の、どういうところが気に入ったのですか？」

あまりにも彼が落ち着いているから、つい、話を蒸し返すようなことが言いたくなった。

口にしてから、そんな自分に困惑する。

そわそわして落ち着かない、なんて。

今までなかったことだった。

私の問いかけに、彼は目をぱちくりとさせた。

それがいつも落ち着いて見える彼らしくなくて、少しかわいい、と思ってしまう。

年上なのに。相手は男性で、王家の人間なのに。

「気に入った？　……ああ、好きなところってこと？」

「っ……」

そう簡単に好き、と言わないでほしい。

私は恋愛経験が非常に乏しい。

いや、乏しいどころかゼロである。

私の知る恋愛というのはそのすべてが、知り合いから聞いた話だったり、本の中のものだったりで、私は当事者になったことがない。

当然だ。私はシドゥンゲリア国王陛下の婚約者だったのだから。

だからこそ、私は私自身、誰かに恋をする未来なんて想像もできなかった。

押し黙った私をからかうことなく、ベルリフォート様は真剣に考えてみせた。

もう、神殿は目と鼻の先だ。

リオンの街を発つ前に手紙を出したからだろう。出迎えと思わしきひとが数人、白のカズラに身を包んでいる。

こんな悠長に話している暇などないとわかっているのに、私から始めた手前、やめることもできない。

「僕がきみの好きなところ……」

彼の、紺青色の瞳が私を捉える。

射抜くような星空色の瞳だ。

以前から、澄んだ色の瞳をしているとは思っていた。

だけど前はこんなに、捕らえられたような、目を逸らすことのできない強さを感じることはなかったのに――。

どうしてか、彼の瞳に囚われる。

私を見て、彼は気が抜けたようにふわりと笑った。

「うーん。たくさんあるけど……あえて挙げるなら、瞳、かな」

「瞳……ですか？」

私の瞳は、瑠璃を砕いたような青色をしている。

彼の瞳よりも、その色合いは濃いように思えた。

「そう。僕はきみの瞳に恋をしている。囚われているんだよ」

「…………」

彼は短く答えたが、その意味を私は測りかねた。

そっと、自身の目元に触れる。

深い紫のような、濃い青の瞳。

探せばいくらでも似た瞳を持つひとがいるはずだ。

私の考えていることがわかったのだろう。

彼がまた、笑ってみせる。

「他でもない、きみの瞳だから」

「……からかわないでください」

「からかってないよ。至って、本気だ。これは僕の本心。……聞きたかったんじゃなかったの？　これでも僕は、抑えた方だけど」

「抑え……？」

「きみが好きだ、という気持ちを」

「――あ、の！　あれがアマランサスの神殿ですよね。あの方たちは、待ってくれているのでしょう？　早く行きましょう！」

どうしてこのひとは、こうも平然として、そんなことを言えるのだろう。

聞いている私の方がこそばゆくなってしまう。

私は令嬢らしからぬ態度だとわかっていながら、強制的に彼との話を切り上げた。

「そうだね。行こうか」

私の動揺を感じ取ったのだろう。

彼は、その後、その話を続けることはしなかった。

安堵しているのに、どうしてかそれがやっぱり、少し悔しい。

ベルリフォート様の関係者が手引きしてくれたおかげで、私たちは難なく神殿に入ることが叶った。

石膏の柱が等間隔に並び、中央には女神様を象った石像が置かれ、大きな絵画が壁に嵌め込まれていた。描かれているのはフェランドールに降り立った女神の姿。

フェランドールの国民なら誰もが知る絵で、著名な画家が手掛けたものだった。おそらくあれは原画だろう。

昼前という時間のためか、祈りを捧げているひとの数は少なかった。彼らは思い思いに座り、女神に祈っている。

ステンドガラスから柔らかく光が差し込んでいた。

それを見ながら、私は神殿長に案内されて奥へと向かった。

国に三つしかない神殿というだけあり、とても広く、荘厳な空気が漂っていた。外に比べ、室内は少し肌寒い。それもまた、ここが聖なる場所であることを知らせるようだった。

精霊たちは、ここの空気が肌に合うのかどことなく楽しげだ。

泉は、神殿の奥にあるという。

神殿長らもまた、王城の庭園が失われたことは知っているようで、それを主導したシドゥンゲリア国王陛下に不信感を募らせているようだ。

古きしきたりだ、と、かび臭い考えだ、と思うことは罪ではない。

だけど、それを口にした時に、彼は考えるべきだった。

彼自身、歴代の王と考えが違ったとしても、それを取り巻く臣下——国民に根付いた思考は、そう簡単には変わらない。

女神の愛した花の国、フェランドゥール。

その枕詞を誇りに思う程度には、国民は女神を敬愛している。

それを、王自らが足蹴にしたのだから――信心深い者ほど、嫌悪感や不信感を抱くのは当然のことだった。

もし、シドゥンゲリア国王陛下の思うように、女神信仰を廃したいのであれば、それ相応の手順を踏むべきだった。

悪しき風習は廃するべきだ、と彼は言う前に、それが妥当だと、そうしなければならないのだと国民を納得させる必要があったのだ。

それを怠ったからこそ、こうして内乱を企むベルリフォート様の仲間が増えていく。

王としては、致命的なミスだったと言わざるを得ないだろう。

ベルリフォート様は神殿長をも抱き込んでいたようで、彼の案内のもと最奥へと向かう。

「先ほど、お客様がひとりいらっしゃいましてね。もう帰られたと思いますが……」

「お客様、ですか？」

私が尋ねると、神殿長は頷いて答えた。

フードを深く被り、素顔を見せない女など怪しくて仕方ないだろうに、彼はベルリフォート様を信じているためか、特段気にする様子は見せなかった。

「王城の異変は、私も聞き及んでおります。それを不安に思った方たちが、足を運ばれるのですよ。日に日にその数も多くなりまして……。とはいえ、神殿の中でも、奥の泉はもっとも神聖な場所。本来なら禁足地として立ち入りを禁じているのですが……」

「許可せざるを得ない人物が尋ねてきた？　……僕みたいに」

ベルリフォート様が尋ねると、神殿長が苦味を帯びた笑みを浮かべた。

「ははは。いえ、まあ。副官が案内をしたのですが、数時間も前の話ですし、あの方も帰られたことでしょう」

彼は返事を濁したが、つまりそういうことなのだう。

立ち入りを禁じた神殿の最奥に、進むことのできる権力を持つ人間。

たとえばそれは王族。

あるいは、それに近しい立場のひと。

ふと、私は彼の顔を思い出した。

それは、つい最近まで私の婚約者であった——シドゥンゲリア国王陛下だ。

彼が追ってきたのだろうか。

……ひとりで？

彼の性格を考えるとそれは考えにくい。

では、他の貴族だろうか。

王城での騒ぎを不安に思った貴族が、興味本位で足を踏み入れた？

あれこれ考えているうちに、神殿の最奥へと辿り着いた。

細い回廊の先には、木の扉があり、行き止まりになっている。

そこまで案内すると、神殿長がベルリフォート様に鍵を手渡した。

鉄の輪に通された鍵は、ずいぶん年季が入っているように見える。

「泉は、この先です。くれぐれも、不適切な行いは謹んでいただきますよう、心よりお願い申し上げます」

王城の花園の一件があったからか、神殿長はそう念を押した。

神殿長の背が遠ざかっていくと、思い出したように精霊たちがくるくる揺れた。

《花を摘むのって不適切ー？》

ビビが回廊の天井に辿り着きそうなほど跳ねている。ふわふわ揺れながら、ネモが答えた。

《どのみち花を摘んで種を撒かないと、この国終わっちゃうわよ。敬虔《けいけん》の念が深いのはいいことだけど、それで滅んだら意味ないじゃない》

《ミュライア、花は一本で十分よ。ハンカチにでも包んでおいて》

ルクレがそう言って、私は控えめに頷いた。

それを見たベルリフォート様が私に尋ねる。

「……精霊はなんだって？」

「花は一本で十分だそうです」

「そっか。それなら、神殿長にも怪しまれずに済むね。彼には申し訳ないけど、一本いただいて帰ろうか」

ふたりで頷き合って、木の扉に手を伸ばす。

鍵は施錠されていなかった。

神殿長が鍵を開けておいてくれたのだろうか。

（そういえばさっき、私たち以外にも客が来ているって言ってた……）

それなら、客人が来たまま施錠せずに帰ったのか。

あるいは――。

キィ、と微かに軋んだ音をさせながら、扉が開いた。

そこは、一面緑だった。

なにも知らないひとが見たら、草しか生えていないように見えるだろう。

だけど、よくよく見ればふわふわしたボール状の花が稲穂のように垂れ下がっており、それがアマランサスだとすぐにわかった。

これが、王城にあった花園と同じ、女神の与えた花――。

周りはぐるりと、高い堀で囲われている。

さらにその内側を、木々が囲うように空高く伸びている。

花畑の向こうにはちいさな泉があった。

秘密の花畑、という言葉が頭に浮かんだ。

それはベルリフォート様も同じだったようで、彼は周囲を見回してから言った。

「さすが、千年前から枯れることなく咲き誇っていると言われている花畑だね。ずいぶん雰囲気がある」

「……そう、ですね」

王城の薔薇も同じで、千年枯れることなく咲いていたようだった。

この千年、度重なる災害や戦火に晒されたこともあっただろうに、あのように綺麗な形を保っていたということは、きっとひとびとが大切に守ってきたからこそなのだろう。

それを無惨に燃やそうとしたシドゥンゲリア国王陛下に不快感を覚えるが、あれを消失させたのは精霊たちだった、と思い出す。

早く花を採取してしまおう。

そう思って近くのアマランサスに視線を向けた時——花畑の近くに、人影が見えた。

驚きに息を呑む。

そして同時に理解した。

泉に続く扉の鍵が開いていたのは、先客がまだ帰っていなかったからだ。

私が気が付いたのと同時に、相手も私たちに気が付いたようだった。

そのひとは、深く帽子《エナン》を被っていた。

おそらく女性だ。

全身を覆うような黒のドレスを身につけている。肩には、黒い大判のストールが。

顔が見えないのもあって、怪しいことこの上ない。

私もまた、顔が見えていないので怪しく思われるだろうが、全身黒い彼女よりはましだろう、と思った。

そう納得していると、彼女が悲鳴のような声をあげた。

「ベルリフォート……‼」

軋んで、ひび割れた声だった。

だけど私は、その声を知っていた。

驚いて顔を上げる。

ベルリフォート様も、驚いたのは同じだろうに、彼は静かに彼女――エライザ様を見ていた。

第四章　もしかして、呪い？

「ベルリフォート……！　あなた、生きていたの⁉」

彼女はベルリフォート様を見ると一目散にこちらに駆けてきた。公爵家の娘とは思えない無作法ぶりに、私は内心驚いた。

「おかしいとは思ったのよ。あの時、あなたは窮地に陥っていた。それなのに私の手を跳ね除けるなんて……なにか策があったんでしょ！　それで、逃げられたのね⁉」

エライザ様の言葉の意図がわからず困惑する。

ベルリフォート様は変わらず落ち着いた様子で、静かに彼女を見ていた。

エライザ様は帽子を深く被り、黒のレースで顔を覆っていた。

全身を覆う黒のデイドレスといい、葬式に参列するかのような格好だ。

エライザ様は、反応の薄いベルリフォート様に構うことなく、彼の両腕を掴んだ。

その焦りようは、溺れる者が必死にものを掴む様子を連想させる。

「ねえ！　私を助けてちょうだい。私、ミュライアの呪いのせいでこんな目に遭ってるの‼　今は見えないでしょうけど、体全体に焼けただれたような痕があるの。毎晩痛くて眠れないのよ……！」

驚きに息を呑む。

瘴気の影響が出ていたのは、シドゥンゲリア国王陛下だけではなかったのか。

微かに息を呑んだ気配で、彼女は私にようやく気が付いたのだろう。

いや、もともと私がいたことには気が付いていたはずだが、ベルリフォート様にばかり目が行っていたのだ。

彼女はジッと私を見つめたかと思うと――。

エライザ様は、弾き落とすように私のフードを大きくはらった。彼女の爪が、頬に少し当たって痛い。

「きゃっ……!?」

《ミュライア‼》

精霊たちが私を呼ぶ。

大きく広がったフードが、すとんと落ちる。

隠していたラベンダー色の髪が露わになると、今度は彼女が息を呑んだ。

「……そう。そうなのね……。ミュライア、これは全部お前が仕組んだことなのね!?」

そして突然、激昂する。

空気を劈くような金切り声がびりびりと響く。

思わず眉を寄せるが、彼女は気にした様子もなく、私に掴みかかってこようとした。

「お前のせいで‼」

「落ち着いてください。エライザ嬢。突然飛びかかるなんてあなたらしくありませんよ」

それを、ベルリフォート様が手首を掴み、制止する。

エライザ様はなお暴れていたが、どうあってもその拘束が解けないと知ると、突然脱力した。

そのままずるずると地面に座り込んでしまう。

彼女は肩で息をしていた。はぁ、はぁ、と荒い呼吸を繰り返す姿は見ていて、痛々しい。

彼女は私を見ると、ぎこちなく笑った。どこか自暴自棄な笑みだった。

「ええ、ええ。そうよ……私はすべてを失ったの。こんな顔じゃ、二度と社交界には戻れない。ねえ、ミュライア。これで満足？　ざまを見ろって笑ってるの、あなたは？」

「なにを……」

困惑する。

（こんな顔……って？）

そう思って、ハタと思い当たる。

さっき彼女は、全身に痕が広がって、と話していた。

彼女は帽子を深く被り、顔を隠している。それはつまり、顔に痕も痕があるということだ。

彼女は社交界の花ともたとえられる絢爛豪華さを持ち合わせていた。長い金のまつ毛に、大きなエメラルドの瞳。

真っ白な肌は透き通るようで、薄いくちびるはさくらんぼ色に色づいていた。エライザ・エレアントは誰が見ても文句のつけようがない、美少女だった。

そんな彼女が、自慢の美貌を失うようなことがあれば——それは、想像を絶する苦しみだろう。

私が顔を歪めると同時、彼女が叫んだ。

「もう、いいわよ‼　こんな無様なことってないわ。こんな顔で生きるくらいなら死んだ方がマシよ‼」

エライザ様は頭を押さえて、そのまま地面に蹲ってしまった。以前と変わらない黄金の髪は、くすんで荒れているように見えた。櫛を通していないのかボサボサだ。

彼女のこんなところを見たのは、初めてだった。

「エライザ様。落ち着いてくださいませ。瘴気に侵されたのはどこですか？　お顔はどのような状況なのですか」

彼女は両手で顔を覆っている。

手に力が入りすぎているのか、指先は白くなっていた。

「エライザ様」

「なによ……。どうせあんたも、かわいそうとか惨めとか、哀れだとか思ってるんでしょ……！　この顔を見たらあんたも驚くわよ。それで、気持ち悪いって顔をするのよ。憎い、あんたが憎いわ。その綺麗な顔、私にちょうだいよ……‼」

怨嗟の声で、彼女が言う。

おどろおどろしい、いつ爆発するかわからない恐ろしさがあった。

だけど、私は見なければならないと思った。

城の結界が壊されたから、起きたこと。

私が、あのまま城に留まっていれば瘴気が広がることは抑えられたのだろうか。

これは、同情なのだろうか。

嘆き悲しむ彼女を見て、哀れだと、私は思っているのだろうか。

わからない。

だけど、そうだとしても、私は知らなければならないと思ったから。

だから、彼女の手に、自分の手を重ねた。

「……見せてください」

「……悲鳴をあげたら、あんたの顔を切り刻んでやる」

恐ろしいことを言いながら、彼女は手の力を抜いた。

私はふと、隣に立つベルリフォート様を見上げた。彼はわずかに眉を寄せ、険しい顔でこちらを見ていた。

「ベルリフォート様。後ろを向いていていただけませんか」

「……理由はわかるけど、嫌だ」

ずいぶんはっきり、彼が答えた。

彼女が黒のレースで顔を隠すくらいなのだ。

きっと、エライザ様は誰にも見られたくないと思っている。

だからこそ、私は彼にお願いしたのだが、彼はそれをわかった上で断った。苦い表情を浮かべながら。

私は彼を安心させるように微笑んだ。大丈夫だと伝えたかった。

「すぐ終わります」

「きみもわかっていると思うが、彼女は正気じゃない。もともと頭がおかしいところはあったが……今は完全に、錯乱状態にある。そんな状況で、きみが害されないとは言いきれない。きみの安全が確保されていない状況下で、目を離すことはできない」

彼の淡々とした言葉に、エライザ様の肩がびくりと跳ねる。いつもなら、その言葉に激昂し、言い返していただろう。

だけど彼女はなにも言わずに俯いている。

それが、彼女の精神が不安定であることを示しているような気がした。

私はふたたび、彼に言葉を重ねた。

「お気遣いいただけるのは嬉しいのですが……。私には、彼らがいます。ですから、少しの間くらいなら大丈夫です。お願いです、ベルリフォート様」

彼の夜明け前の空のような、青の瞳を見つめる。

互いが互いから目を逸らさずにいると、先に折れたのはベルリフォート様だった。

彼は大きくため息をついた。

「………三分だけだ」

「はい。ありがとうございます」

私は彼にお礼を言うと、またエライザ様に向き直った。

☆

私にとって、エライザ・エレアントという令嬢は憧れと失望を同時に抱かせたひとだった。

彼女は小柄で華奢な体つきをしているが、その瞳は力強かった。堂々とした振る舞いや、自信に満ちた仕草のためか、彼女と相対している時は体のちいささを感じることはあまりなかった。

社交界デビューした時、既に私は周囲に距離を取られる令嬢となっていた。

いちばんの理由は、婚約者のシドゥンゲリア殿下とうまくいっていない――どころか、彼に嫌厭《けんえん》されているからだろう。

シドゥンゲリア殿下と初めて会ったのは、私が八歳の時。その時から彼は私をよく思っていないようだったが、それでも顔を合わせれば無視することはなかった。

十二歳の誕生日の時に彼は、王城の花園をともに散策しながら、私にプレゼントがある、と話した。

その時にもらったのが、柄に黄金と宝石が埋め込まれ、刀身には飾り細工が彫られた短剣だった。

従僕に短剣を収めた天鵞絨《ビロード》に包まれた小箱を開けて、彼がそれを取り出したのだ。

『聖女なら、必要になる時もあるかもしれない。これは、護身用だ』

お前にやる、ととてもぶっきらぼうだったけれど、ずっと嫌われていると思ったシドゥンゲリア殿下に贈り物をもらって、私は泣きたいくらい嬉しかった。私のことを思って贈ってくださった。それがたとえ短剣という洒落っ気のないものであっても、その気持ちが嬉しかった。

私は、シドゥンゲリア殿下を愛しているわけではなかった。

だけど、ともに人生を歩むひとだと思っていた。

彼に恋人ができたと噂になった時も、彼はどういうつもりなのだろうと思いこそすれ、悋気はまったくなかった。

しかし、彼がだんだん私を蔑ろにし、社交界デビューの夜であっても恋人を優先させ始めたあたりで、私は思い違いをしているのではないか、と思った。

政略結婚に必要なのは信頼で、愛ではない。

政略結婚には、愛は必要ない。

私も、彼も、互いに愛はないけれどきっと互いを助け合う関係を築ける。

過去の歴史を紐解いてみても、私の解釈は誤りではないと思っていた。

しかし、そんな統計があるからといって、それがそのままシドゥンゲリア殿下に当てはまるとは——限らなかったのだ。

形だけの結婚、お飾りの婚約者、名ばかりの聖女。

陰で、そんな風に吹聴されているのを知っていた。

知っていたけれど、知らないひとになにをどう言われようと欠片も興味はなかった。

私が気になるのは国の未来で、私自身への評価には無関心だった。

エライザ・エレアント。彼女に出会ったのは、十五歳の夜会の、とある日だった。

「あなたがマティンソン家のご令嬢ね。初めまして」

そう言って微笑む彼女は小柄で華奢で、儚い印象があったけれど、その容姿とは裏腹に他者を圧倒するオーラがあった。堂々としており、意志の強さを裏づける自信に満ち溢れているひとだった。

シャンデリアの光に照らされて、彼女だけがやけに煌めいているように見えた。きっと、私はあの瞬間、彼女にひと目惚れしていたのだろう。それは同性を愛するとか、そういう意味ではなくて、人間としての魅力に打ちのめされた。

私にはないものだったから。彼女には、【自信】があった。

それは、ちょっとやそっとのことでは崩れないだろう、と思わせるほど強いものだった。

きっとそれは、国内屈指の名家、エレアント家で育ったから身についたものなのだろう。

マティンソン家で、【聖女】という肩書きに寄生するだけの両親を持つ私には、未知の世界であり、対極のものだと思った。彼女は、疑っていない。自身の振る舞い、彼女が成すことすべてが当然のことだと思っている。

憧れ、だった。

瞠目する私に、彼女が鼻で笑うように言った。

「あら、当代の聖女様は口を利けないのかしら？」

憧れは、瞬時に霧散した。

嫌なやつ、とすぐに私は理解した。それが、残念でもあった。ひどく幻滅し、失望した私はいつも通りの無表情で彼女に答える。

「初めまして、ミュライア・マティンソンです」

「ふふ。私はエライザ・エレアント。どうか末永く、仲良くしてくださいね」

先ほどの口撃などなかったかのように接する彼女に、私は舌を巻いた。社交界に出てきたばかりの私より、六個年上の彼女の方がよほど場馴れしている。

彼女は、シドゥンゲリア殿下と同い年だ。

その夜会では、それしか話すことはなかったが、彼女に嫌われていることは知っていた。

なぜならエライザ様はシドゥンゲリア殿下の恋人で、私は彼の婚約者。私と彼の間に愛なんて互いにないが、関係性だけ見れば泥沼の三角関係だ。

私は、シドゥンゲリア殿下のプライベートには一切関心がない。エライザ様の嫉妬心を煽らないためにも、より一層必要以上に彼に近寄らないようになった。

エライザ様の家、エレアント公爵家は、フェランドゥールにある二大公爵家のうちの一家だ。

エレアント公爵家は、私をなんとか日陰に追いやって、覇権を取ろうとしているのだと思う。

彼女はなにかにつけて私に絡んできた。

そのほとんどはシドゥンゲリア殿下に相手にされていないことだったが、嫉妬心から来るものだろう、と私はそこまで気にしていなかった。

夜会でワインをかける、同じ色、デザインのドレスを着用する、取り巻きを連れてあからさまに陰口を叩く、など彼女はかなりやりたい放題だった。

私は彼女に失望していた。なんて心が汚いひとなのだろう、とも思っていた。

その瞳は私を見ると嫌悪感に歪み、鬱憤を孕んだギラギラとした色を纏った。

ストレスのはけ口とでも言わんばかりに彼女は私に絡みに絡んだ。とはいえ、この件でシドゥンゲリア殿下が役に立つはずがない。

シドゥンゲリア殿下は、恋人をもっと気にかけるべきだと思う。彼女が私に負の感情を向けるのは、すなわち不安の表れなのだろう。いくらシドゥンゲリア殿下がエライザ様を好いているといっても、婚約者は私なのだから。

彼女は、彼と公的な関係にはなれない。

聖女の妻がいるのに、側妃や妾を持つのは外聞が悪いためだ。

エライザ様は、きっとそれが不安なのだろう、と私は思っていた。

しかし、シドゥンゲリア殿下にエライザ様を気にかけるよう私が言うのはお門違いもいいところだ。ただでさえ私は、彼とよい関係を築けていないのに首を突っ込めばさらに拗《こじ》れるだろう。そう思っていた。

そんなある日。

いつものように、シドゥンゲリア殿下はエライザ様をエスコートして夜会に参加した。ひとりぼっちの私は変わらず【お飾り婚約者】の名を戴き、早々に会場を出ることにした。

その時、後ろからパシャリ、となにかをかけられたのだ。人気がまったくなかったのもあり、当然私はびっくりした。驚いて振り返れば、そこにはエライザ様の取り巻きが数人。

城内に配置された近衛騎士の死角になる場所を巧妙に狙って、彼女たちは私にワインをかけてきたのだった。

嫌がらせをされる時、いつも相手はエライザ様だった。彼女の取り巻きに直接嫌がらせを受けたのは、この時が初めてだ。

目を丸くした私に、彼女たちはあれこれ悪口を並べ始めた。

『婚約者に相手にされないなんて、とてもかわいそう』

『ほんとうに聖なる力があるかもわからないのに、飾り立てられていい気になっちゃって』

『もし聖女の名が偽りだったら大罪』

そんなことを口々に言っていた。驚きはしたが、エライザ様に絡まれるのは慣れていたので、濡れて煩わしくなった髪を背中に流す。ワインが染みたドレスは使い物にならないだろう。

ドレス代は彼女たちの家に請求するとして、この場をどう切り抜けよう。

私は、エライザ様によく絡まれていたがいつも言われっぱなし、というわけではなかった。

彼女の嫌がらせを甘んじて受けるのは、聖女という立場がある以上できなかった。聖女の名を、私自身が貶めるわけにはいかない。

エライザ様にワインをかけられた時はエレアント家にドレス代を請求したし、足を引っかけられて転倒した時は、その場で謝罪を要求した。

それもあって、エライザ様はそれ以降直接的な攻撃を仕掛けてくることはなかった。

シドゥンゲリア殿下には、エライザ様とトラブルがあるたびに、彼女にもっと優しくするよう口を酸っぱくして言われた。

しかし、私は彼の言葉を聞くことはできない。彼の要望はつまり、【なにをされてもエライザ様にやり返すな】ということであり、それでは、聖女という立場をも穢すことになる。

それを彼に言えば、彼は嫌そうに顔を歪めていた。そういう経緯もあり、私とシドゥンゲリア殿下の関係は、エライザ様を挟むことでさらに悪化の一途を辿っている。

私にワインを引っかけた令嬢たちは愉しげに瞳を細めていたが、私がじっと見つめると次第に顔色が悪くなってきた。

私の無表情は、人形のようで恐ろしいらしい。よく言われるが、今この場で笑おうとはとても思えなかった。

口を開こうとしたところで、今もっとも聞きたくない女性の声が聞こえた。

「なにをしているの！」

見れば、私の予想通りエライザ様がカツカツとヒールを鳴らしてこちらに歩いてきた。

そして、濡れた私の髪と、彼女たちが手に持つグラスを交互に見て、眉を寄せる。

私はその反応におや？　と思った。彼女なら鼻高々に『あら、無様な濡れ鼠ね。ようやく分相応になったんじゃない？』くらい言いそうなものだったからだ。

しかし彼女は瞳をメラメラと燃やして、令嬢たちに言いつけた。

「なんていうことをするの!?　あなたたち、私の品格を貶める気!?」

――いや、それ、あなたが言う？

とは、その場にいた人間の総意だろう。

声を荒らげて怒りを露わにしたエライザ様に慌てたのは、取り巻きの令嬢たちだ。

彼女たちは、エライザ様に『おもしろいことしてくれたじゃない』と褒められたくてやったのであって、怒られるとは思わなかったのだろう。

彼女たちはしどろもどろに言い訳を始めた。

「いえ、でも、これはエライザ様のために……」

「私たち、エライザ様を思って……」

だの、ごにょごにょと言い始めたところでエライザ様の細い眉がキッと吊り上がった。

「あなたたちの手の悪さを私のせいにしないで！　なんでもかんでも私のためと言えば許されるとでも思っているの⁉　あなたたちが勝手になにかをやって、そこで私の名を出せば咎められるのは私なのよ！　私は、責任を持って動いてるの！　後先考えず行動して、その責任を私に擦りつけないで！　あなたがやっていることは、私を失脚させようとしているのと同義なのよ！」

彼女にしてはとても珍しい大声だった。

どんな時でも彼女は落ち着いた、間延びした話し方をする。余裕を持った、おっとりとした話し方をするのは、貴族令嬢の特徴だ。今の彼女は、それをかなぐり捨てている。

エライザ様はよほどいらいらしていたのだろう。咎められた令嬢たちは、顔を真っ青にして口々に謝罪した。

彼女の話す内容を理解しての言葉、というよりもエライザ様を怒らせたことを恐れていたようだった。彼女たちは脱兎のごとくその場を逃げ出した。エライザ様は、そんな彼女たちに一切視線を向けることはなかった。

変わらず眉を寄せ、私を睨みつけている。

またなにか言われるのか、とうんざりしていると、彼女はぽつりと言った。

「……悪かったわね。ドレス代はエレアント家に請求してちょうだい」

彼女はそれだけ言うと、踵を返した。

私は、呆気に取られた。彼女が素直に謝罪したことに。

てっきり、また悪口を言われるのかと思っていたのだ。肩透かしを食らった私は、なんとなく、納得がいかない思いだった。それは鳩が豆鉄砲を食らったような、あるいは面食らったような。変にもやもやとして、うまく感情を消化できない。

エライザ様が立ち去った後、私はどこからか現れた従僕からハンカチを受け取った。

どうやらあの場面を一部始終見ていたひとがおり、ハンカチを渡すよう言付《ことづ》かったらしい。

休憩室も用意してあると言われ、私はこのドレスで馬車に乗ることも憚られたので、好意に預かることにした。

その従僕が面識のある人間で信頼できた、というのもひとつの理由だった。

後から思うに、私が完全に彼女を嫌うことができなかったのは、この一件があったからかもしれない。

彼女にされてきたことを思えば、嫌悪してもおかしくないのに、どうしてか憎みきれない。

私は彼女の言葉をこのように受け止めていた。

【彼女は責任を持って、私に嫌がらせをしている】。

額面通りに受け取れば意味がわからないが、つまり、彼女はなにかあったら責任を取るつもりなのだろう、と私は考えた。

それは覚悟がある、と言い換えてもいいのかもしれない。

しかし、だからと言って、【それなら嫌がらせを受けても許せるわ！　仕方ないわね！】なんて気持ちには、当然ならない。

侮辱されれば当然腹が立つし、嫌がらせを受ければ悔しいとも感じる。

私は、感情を持たない人形ではなく、人間なのだから。

それからも、エライザ様には何度も絡まれたが、そのたびにきっちりお返しはさせてもらった。

しかし、彼女自身にうんざりしつつも憎悪が育つことはなかった。

それは、王城でシドゥンゲリア殿下に濡れ衣を着せられ地下牢に収監された時も変わらない。

エライザ様の言葉には腹が立ったが、どちらかというと【あのひとはああいうひとだから、まともに受け取る方がばからしい】という感情が先立った。

彼女のことは苦手に思っているけど、嫌っているわけではなく、恨んでもいない。

私がどうしようもなく【聖女】であるのと同時に、彼女もまた【公爵令嬢】であると、わかっていたからだろうか。

どちらにせよ私は、彼女を憎むことはできなかったのだ。

☆

私は、改めて彼女に視線を向けた。

エライザ様は呆然としているようで、なにも言わなかった。地面の上に、投げ出すように彼女の手が置かれている。

ベルリフォート様が後ろを向いたのを確認して、私はエライザ様の黒のレースに手をかけた。

露わになったのは、顔半分を覆う焼けただれた痕。

いや、焼けただれたように見えて、これは瘴気の影響なのだろう。

黒く焦げているようにも見えるし、赤く腫れているようにも見える。

確かに、これはひどい有様だ、とひとは言うのだろう。火傷ならまだ対処法があるが、これは火傷などではなく、瘴気によるものだ。

瞼がどこかもわからない。腫れているために目が開かないのか、彼女は半目で私を見ていた。

「……失礼します」

彼女に声をかけて、瞼に触れる。

そっと、確かめるように指で指圧する。

痛みは感じないのか、彼女は静かに私を見ていた。

「……気持ち悪いって言わないの」

「言いません。あなたは変わっていませんよ」

変わっていない。

その言葉に、彼女が過敏に反応した。ギッとこちらを睨みつけ、金切り声をあげる。

「変わってない⁉　変わってない……ですって⁉　ハッ！　あなた、私をばかにしてるの⁉」

手首を強く掴まれる。

鋭い痛みが走り、わずかに息を詰めた。

血走った目が私を強く、射殺さんばかりに見つめていた。

「っ……私は、エライザ様。あなたを綺麗だと思ったことはありません」

「は……？」

「顔の造形を言うのであれば、美しいのだと思います。ですが私は、あなたを綺麗とは思わなかった」

「なによ……なにが、言いたいのよ……」

「エライザ様。あなたの心は、美しくありません。少なくとも、計略を巡らせ、他者を貶すことでしか満たされないでいるあなたの身魂《しんこん》を、私は美しいと思ったことがない」

「な………」

彼女は絶句した。

私は、彼女の手を強く握った。

どうか、私の言葉が彼女の心に届くといい。そう、願って。

「ひとを傷つけても、なにも満たされません。他者を虐げても、誰もあなたを見つけない。誰かを蹴落としても、真実あなたに心酔する者は現れない」

「なに……なによ。なにが言いたいの……。いや、やめて」

「私は、今のあなたの方が、よっぽど好きです。素直に、心を偽ることなく、ほんとうの気持ちを口にする。今の方が——よほど、エライザ様らしい。あなたも、そちらの方が生きやすいのではありませんか」

「……意味がわからない。私に、傍若無人に振る舞えと言いたいの？」

「それでは以前と変わりません。そうではなく、もっと世界を、視野を広げてみてほしいのです。あなたが自分以外は無価値だと切り捨てたこの世界を、あなたには見てほしい。今のあなたなら、ひとの痛みもまた理解できるのではないかと、そう思います」

「はっ、そんなの」

「あなたがそう努めてくださるというのなら、私もまた、尽力します。あなたを助けるために」

エライザ様が息を呑む。

よほど驚いたようで目を見開いていた。

《ちょ、ちょっとミュライアぁ⁉》

《助けるって瘴気を祓うってこと？　人間に一度染みついたら瘴気を抜くの、すごい大変なのよ？》

《やめときなよ。もういいじゃない。放っておきましょうよ！》

精霊たちの声を聞きながらも、私はエライザ様に笑みを浮かべた。どうか、私の気持ちが彼女に伝わりますように、と。そう願って。

彼女は、目を見開いた。

くちびるは震え、目は血走っている。

彼女は憤っているのだろう。私に情けをかけられて、格下に見ていた私に助けられて。やりきれない感情、なのだと思う。

現に、彼女は浅い呼吸を繰り返し、激情を抑えているように見えた。

やがて彼女はキッと私を睨みつけて、途切れ途切れに言った。

「私、あなたが嫌いだった」

「……はい」

「私は、物心ついた時から、お父様にこう言われて育ったの。『お前は、いずれ王妃となる娘だ』と。だから、その言葉に違わず、私は王妃になる道を探した」

「……はい」

「ほんとうはシドゥンゲリアなんて好きじゃないわ。愛してない。でも、お父様がそう言うから。私の生まれてきた意味だと思っていたから。……お父様は寛大だったわ。私が、シドゥンゲリアの気を引けたと思ったら、ご褒美をくれる。好きなことをひとつだけ、なんでもしていいのよ。それがどんなに非人道的なものであってもね」

「………………」

「でも逆に、うまくいかなかったら折檻されるの。水しか与えられない生活を数日も送るのよ。黴の匂いに、時々顔を出すドブネズミ。徘徊する虫に暗い部屋。なにもかもが嫌で仕方なかった」

「……エレアント公爵は、恐ろしい方なのですね」

「そうよ。お前は知らない？　でも、お父様も瘴気に侵されて今は死の淵。ざまぁみろよ。……こうやって、父の危篤を笑って喜ぶような娘だから、私は罰が当たったのかしら。好きな男にも振られて、嫌いな男に言い寄るだけの人生。なんて惨めで、つまらないの」

エライザ様は好きな男、と言った。

それに思い当たるのは、ひとりだけだ。

後ろを振り向きたくなったけれど、きっとそれは後でもいい。
私は、エライザ様の額に口付けを施した。
聖女の、祝福だ。
こんなものは気休めにしかならないと思うけれど——。
「……あなたに、女神様の加護がありますように」
呟いて、祈りを込める。
その時、ふと、柔らかな光が瞬いた。
それはまるで、泡沫が弾けるようでもあった。
ぱしゃん、と。
微かだったが、確かに聞こえた。
目の前のエライザ様もなにか感じたのか、同様に目を見開いていた。
互いに困惑して、目を合わせる。
(今のは……？)
そして私はふと、気が付いた。
彼女の顔の痣がほんの少しではあるけれど、薄くなっていた。
「痣が……」
「ひっ、な、なに？　悪化したとか言わないわよね……!?」

怯えたようにエライザ様が声を出す。

私は首を横に振った。

「薄くなりました」

「な――……。ほんとう、に？」

怖々、尋ねる彼女に私は頷いて答える。

さっきまでは、限りなく黒に近い、赤黒さがあった。

だけど今は、ほんの少し、その色が薄くなっているような。

そう思って、彼女の頬に触れた時。

精霊たちが、エライザ様の周りをくるくる飛んだ。

《今のはミュライアの祝福よ。聖女の祝福って、瘴気祓いのための魔法だもの》

緑色の光が答える。ジレだ。

《ほんとうは気が進まないけど、教えてあげる。ミュライアは私の愛し子だから。あのね……聖女の祝福を定期的に与えれば、その女は回復するわ……。でも、だいぶ症状が進行しているし、五分五分ってところかなぁ……》

水色の光が揺れた。ネモだ。

聖女の祝福は、儀礼的なものだと思っていたけれど、まさかほんとに効果があるとは思わなかった。

だけど思えば、今まで瘴気は発生していなかったのだ。

今回、王城の結界が壊されて初めて現れた。

だから、今まで気が付かなかったのだ。聖女の祝福の、ほんとうの意味を。

私は、エライザ様の、瘴気に侵された頬に触れた。少しでも、よくなるようにと、そう願って。


《助けるって瘴気を祓うってこと？　人間に一度染みついたら瘴気を抜くの、すごい大変だよ？》

それを言ったのは、ルクレだっただろうか。

私はその意味を、後になって実感することとなった。

エライザ様と別れ、神殿を後にした私たちはその日のうちに近くの街の宿に向かった。宿の部屋に転がるように入ると、私はそのままベッドに沈んだ。

あの後、私は急激に体力を奪われたのだ。神殿内の部屋を借りるかとベルリフォート様に聞かれたが、追われている身である以上あまり神殿に長居はしたくない。

それはベルリフォート様も同じだったはずだ。

私はふらふらになりながらもなんとか宿まで彼に連れていってもらい——ようやく、ベッドに倒れ込んだのだった。

（思ったより……しんどいかも）

精霊たちに尋ねると、エライザ様の瘴気の症状は重度だったから、それを祓うとなると相当の負担がかかる、とのことだった。

だけど彼らが止める前に私は聖女の祝福を行ってしまったので今、このような有様になっている。

（こうなることが先にわかっていたら、もっと気合い入れてたんだけどな……）

なんの心の準備もしていなかったためか、ドッと疲れた。

歩くことすらままならない私を心配して、ベルリフォート様も部屋まで同行してくれた。

彼は倒れ込んだ私にブランケットをかけると、近くの椅子に座った。

（迷惑かけちゃった……）

エライザ様に聖女の祝福を贈ったことは後悔していない。

だけど、結果ベルリフォート様に迷惑をかけることとなり、いたたまれなかった。

「う……」

高熱が出た時のような感覚だ。

体内をなにかが巡っているような気配がして、ぞわぞわする。

「水と盥《たらい》をもらってきた。濡れたハンカチを額に乗せるね」

彼は、サイドテーブルに置かれた水の入った盥にハンカチをつけると、軽く絞った。

それで、私の額に置いてくれる。

ひんやりとした冷たさが、心地いい。

私はその冷たさに身を任せながらも、彼に謝罪した。

「ごめんなさい。迷惑をかけてしまって」

「迷惑？」

彼が問い返した。私は浅く呼吸して、彼に答える。

「私のこの不調は、聖女の力を使いすぎたせいだと精霊たちから聞きました。後先考えずエライザ様に祝福を贈ったためにこんなことになって……。予定も変更しなきゃ、ですよね……？」

本来ならそのまま東にあるスターチスの神殿に向かう手筈だった。宿で休む予定はなかったのだ。申し訳なく思っていると、彼は静かに答えた。

「気に病む必要はない。……このひと月、きみは忙しかった。慣れない旅に心身ともに疲弊しているはずだ。今回、聖女の力を多分に使ったために体調不良を引き起こしたのかもしれないけど――ちょうどいい機会だ。ゆっくり体を休めた方がいい」

彼の言葉は、どこまでも優しかった。

だから、気になってしまう。

どうして、彼はそんなに親切にしてくれるのか。

それは――私を想ってくれているからなのだろうか。自惚れのような考えだが、それは正しいような気がした。熱があるからだろうか。いつもより思考がふわふわしている気がした。

私は、思ったことをそのまま口にした。

「……あなたが」

「うん？」

「あなたが、優しくしてくれるのは……。あなたが優しいのは、私が好き、だからですか」

口にしてから、静寂が漂った。不自然な沈黙になにかいけないことを言ってしまったかと疑問に思って――そして、自分が今なにを言ったのかようやく自覚した。

私はなにを。とんでもなく恥ずかしいことを口にしたのだ。体調不良によるものではなく、羞恥で頬がカッと熱を持つ。

「ご、ごめんなさい！　あの、思考がまとまらなくて！　今のは忘れて――」

「そうだよ」

ください、と続くはずの言葉は、彼によってさえぎられた。

聞いたのは私なのに、肯定されて言葉をなくす。

彼が、覗き込むようにして私を見た。

青の瞳と目が合う。

「きみが好きだから。僕は誰よりきみを大切にする」

「……っ」

なにを言えばいいのかわからなかった。不自然に視線を彷徨わせた。

私から聞いておいて失礼な反応であることはわかっていたが、だからと言って「ああ、そうなの」なんて対応はできない。なにせ私には恋愛経験がない。恋愛初心者もいいところだ。免疫がなくて、戸惑ってしまう。

「でも、それをきみに押しつける気はないよ」

「……ありがとうございます」

一瞬、無神経な質問をしたことを謝ろうかと思ったけれど、その言葉はふさわしくないように思えた。だから、感謝を伝えた。

私の言葉に、彼が笑みを浮かべた。

……いたたまれない。

恥ずかしくて、私はブランケットを口元まで引き上げた。

また沈黙が到来した室内で、私は話題を探す。

そして、気になっていたことを思い出した。

「ベルリフォート様。エライザ様が、言っていました。あなたは窮地に陥っていた……と。それは、例の処刑の時のことですか？」

私の問いに、ベルリフォート様は少し驚いた顔をした。

今その話をするとは思っていなかったのかもしれない。

「……そう、だね。あんまり楽しくない話だけど」

「聞きたいです」

「…………」

ベルリフォート様は少し悩んだ様子を見せたが、話すことを決めたようだった。

彼は、静かに話し出した。

「突然、兄に呼び出されたんだ。怪しいとは思っていたんだけど、王命だし逆らうことはできない。そう思って向かえば、そこにはエライザ嬢がいた」

「はい」

そこまでは、私も想像できた。

早々にベルリフォート様を失脚させたいシドゥンゲリア国王陛下。その協力をした、エライザ様。

シドゥンゲリア国王陛下は、なぜか昔からベルリフォート様を嫌っていた。

「それで——部屋に、ふたりきりだろ？　あらぬ誤解を招いたらよくないと思って退室しようとしたところで、近衛騎士が雪崩込んできて、僕は速攻で地下牢行きだ」

あの、冷たく寂しい牢に彼も入ったのだ。

私は、目を閉じて彼の話を聞いていた。

「兄から話があった時点で怪しいと踏んでいたから、事前に手は打っておいた。だから僕はすぐに出られる手筈だったんだけど、そこに彼女がやってきた。助けてほしければ、愛人になれ、っていう条件付きで」

「それは……」

「ぶっ飛んでるよね。彼女がなにかと僕を気にしていたのは知っていたけど、ああ言われて素直に頷くやつが、果たしてどれくらいいるのか。いたとして、少なくともそれは僕じゃない。……僕は彼女の提案を断った。彼女の助けがなくとも、牢を出られる手筈だったからね。……だけどもし、助けがない状況だったとしても、彼女の手は取らなかったかな」

「なぜですか？」

ただ、純粋に気になっただけ。

濡れたハンカチの冷たさに目を閉じる。うとうとと、まどろみが到来する。

少し、間があった。

「それを、聞きたい？　……きみが？」

確かめるような、訝しむような、そんな声だ。

そこで――ようやく、私は思考が追いついたような気がした。

エライザ様はベルリフォート様が好き。

だけど、そうだ。

ベルリフォート様は――。

その可能性に思い当たると、いや、きっとそれしかないだろう。

やはり私は熱で思考がいつも以上に散漫になっているのだろう。考えるより先に、口に出ている気がする。

薄く目を開けると、彼が微笑んでいた。

「そういうこと。……僕には、好きなひとがいるからね」

「……未だに、わかりません。なぜあなたがそんな……」

「きみを好きかって？　難しいな。感覚的なことを説明するのは」

彼は、それ以上その話をする気はなかったらしい。

代わりに尋ねられた。

「眠れそう？」

私は、ちいさく頷く。

彼の静かで落ち着いた声は、緩やかな眠りを誘っていた。

本来なら異性の前で眠るなどとんでもなく非礼だが、もういいだろう。

そもそも髪を切った時点で、私は貴族であることをやめている。

私はふたたび目を閉じて、心地よい眠りに身を任せた。

眠りは穏やかで、優しいものだった。

視界の端に一瞬、あたたかな光を見た、気がした。

結局、私の体調不良が改善するのに二日を要した。翌日には解熱していたのだが、大事を取ってもう一日安静にするようベルリフォート様に言われたのだ。

二日休息を取ったために体はすっかり回復していたが――思いがけず時間をロスしてしまった。

（聖女の力って、自分の意思で制御することはできないのかしら……？）

それとも自身の意思とは関係なく力を吸われてしまうのだろうか。

もし調節が可能なら、できるようになりたいと思った。

そうして私たちはふたつ目の泉、スターチスの神殿へと向かった。

アマランサスの神殿からスターチスの神殿に向かう際には馬車ではなく馬に乗ることになった。馬車より馬の方が圧倒的に速いからだ。

私は馬に乗り慣れていないので自然と、ベルリフォート様の前に乗せてもらうことになる。

先にベルリフォート様が馬に乗り、後から私の体を引き上げてもらう。鐙《あぶみ》に足をかけて馬上に上がると、視線の高さに驚いた。

「大丈夫？」

問いかける彼に緊張しながらも答えた。

「だ、大丈夫……です！」

「あまり怖がらないで……といっても難しいか。息を吐いて。ゆっくり」

彼の前に足を揃えて横に座る。馬上は不安定で、簡単に体が揺れた。

私の背を撫でる彼に促されて意図的に息を深く吐いた。

「吸って、吐いて」

何回か繰り返しているとほんの少し、緊張が緩和されたような気がした。気のせいではない、と思う。顔を上げると、彼が微笑んだ。

「馬は賢いんだ。きみが怖がっていると、彼も怖くなってしまう。大丈夫。きみが落ちないように僕が支えるよ」

ベルリフォート様に囲われるように抱きしめられて――いや、彼は手綱を取っただけだ。それなのに、胸に抱かれているように感じて今さらながら距離の近さに頬がじわりと熱を持つ。

「予定通りなら十日ほどで到着するはずなんだけど……用事があるんだ。寄り道をしてもいいかな」

「寄り道……ですか？」

どうか、頬の赤みが彼に気付かれていませんように。

願いが届いたのかはわからないが、彼は私の頬の赤さを指摘することはなかった。内心、胸を撫で下ろした。

☆

ベルリフォート様と話している間、精霊たちは私から離れるようになった。

それがなぜなのか気になったので尋ねると、彼らは口を合わせて言った。

《邪魔したら、悪いじゃない？》

あっさりとそう言われて、私は言葉を噤むほかない。

精霊たちは急に、私とベルリフォート様の仲を応援するようになったのだ。

最初は彼を品定めする目で見て、気に入らないところがあったらすぐに難癖をつけていたのに。もっとも、それは彼には聞こえていないが。

宿を出立して、五日目の朝。

ベルリフォート様はひとと会うために単独行動を取った。その間私は、彼が取った宿で待機だ。

外には彼が手配した護衛がいて、宿からは出ないよう言い含められる。

私は部屋の窓辺に立ち、窓の外を見た。ここからは、王城は見えないものの黒い靄が渦巻く空は見えた。あの下に王城があるのだろう。

(王城は今……どんな様子なのかしら)

エライザ様の言葉通りなら、城はひどい有様なのだろう。最後に私が見た時、城内は近衛騎士が詰め、メイドや侍従が行き交い、賑やかだった。壁には絵画が等間隔に飾られ、大広間に通じる階段には赤の天鵞絨の絨毯が敷かれて。華やかで、絢爛豪華だった。

だけどもう、それらは失われてしまったのだろうか。

（城下町は……王都は、無事なのかしら？）

私に串焼き肉を食べさせてくれた店の主人。リンゴをくれた青果屋の女性。

彼らは無事だろうか。心配と不安ばかりが募って、焦燥に駆られる。

（焦ってはだめ。我慢強く待てば晴れた空を見られるというじゃない）

私はカウチに腰かけ、地図を広げながら精霊たちに尋ねた。

「……そういえば王城で、あなたたちはエライザ様とシドゥンゲリア国王陛下に祝福を授けたじゃない。あれって、なんだったの？」

地図に記された神殿を指で示しながら、場所を確認する。確認がてら問うと、精霊たちが不自然に沈黙した。

「ジレ？　ネモ？　ルクレ？　ビビ？」

それぞれの名前を呼ぶと、ある精霊は慌てたように、ある精霊は戸惑うように揺れたり、跳ねたりした。跳ねているのは、もちろんビビだ。

《祝福っていってもおまじないみたいなものだぜー？　そう、あれはなんていうか……》

《ちょっと未来を左右するものっていうか……》

《ほんのちょっとだけ人間の人生に関与するっていうか……》

　精霊たちは取り繕うように言うが、やはりあまりよいものではなさそうだ。
　私はちいさく息を吐いて、地図をくるくると丸めた。場所の確認は終わったので、もう仕舞おうと思ったのだ。
「怒らないから、教えて」
《うー……。つまりあれは、愛がなくなると破滅する、みたいなそういうやつなんだよぉ。俺様たちもさぁ、まさかあの人間たちが相思相愛じゃないなんて思わなかったからさぁ》
《人間たちは運とか、ツキとか、言うと思うんだけど……。それを崩す……つまり、幸運度をぐんと下げる魔法なの》
《ふたりが想い合っているなら発動はしないんだけど。どちらか片方でも想いが失われたら、途端ツキがなくなる……運が悪くなるっていう、そういう祝福。だから、言ったじゃない。祝福になるか呪いになるかはあなたたち次第って》
　私は、彼らの言葉を聞きながらふと思い当たった。その可能性を口にする。
「……じゃあ、シドゥンゲリア国王陛下が足を、エライザ様が顔を、瘴気に侵されたのは……」
《運が悪いって意味では、そうだね。私たちの祝福かな》
　答えたのは、ネモだった。
「そう……」
《でも、あの女に限ってはミュライアが関与しただろ？　だから少し、また変わってきてるは

ずだぜ。少なくとも死ぬことはないだろうよ》

私は、エライザ様に聖女の祝福を施した。

ビビはそれを言っているのだろう。

「じゃあ、シドゥンゲリア国王陛下は?」

《…………死ぬ?　かな?》

なぜか、疑問符付きでジレが答える。

死ぬ。きっと、それは重たい言葉だ。私は今、自分が抱える感情をなんと表したらいいのかわからなかった。こういう時、ふつう、ひとはなにを思うのだろう。私に散々嫌がらせをしてきたエライザ様が。私を毛嫌いし、最終的に私を理不尽に断罪したシドゥンゲリア国王陛下が、苦しんでいる。きっと、彼らは未知の脅威に怯えているだろう。

それを想像して、胸がすくか、と言われたらその答えは否、だった。そんな、単純なものではなかった。すっきりするどころか、少し、苦しい。

この旅の終わりには、私は胸に抱くこの感情に答えを出せるだろうか。結界を張り終えて、役目を果たした時。旅の終着点で、私はなにを思うのだろう。

私は地図を鞄に仕舞うと腰を上げた。

「そろそろ、ベルリフォート様が戻られるわ。出立の準備を整えましょう」

☆

外堀を埋める首尾は上々。

あとは内側をどう攻めるか、だ。

それを考えながら、ベルリフォートは目的地に向かう。

急に天気が崩れて、土砂降りの雨だった。

フードを深く被っているとはいえ、風もひどい。

宿に戻る頃にはびしょ濡れだろうな、と彼は考えた。

彼が向かった先は、ある貴族の邸宅だ。

事前にアポイントメントを取っているので、門番は慣れた様子でベルリフォートを邸内に迎える。

玄関のそばの軒下にひとりの初老の男性が立っていた。

杖をついた男性は、フードを深く被った彼――ベルリフォートに気が付くと、にこやかに笑った。

「ベルリフォート様、お待ちしておりました」

彼は、社交界で、王族でも無視できないほどの発言力と影響力を持つ伯爵だった。

名を、リンゲル伯爵という。

南部に位置する辺境の地を持つ貴族なのだが、南に位置する国はつい最近王朝が崩れたばかり。

その余波が南部の辺境にも現れ、なにかと小競り合いが耐えないのだがそれをうまく収めている人物だ。

ベルリフォートは彼に招かれて玄関の扉をくぐると、執事からタオルを受け取った。

すっかりローブは濡れている。

「どうですかな。娘との婚約、考えていただけましたでしょうか」

リンゲル伯爵はほがらかに笑う。

邸宅内に入ると、ベルリフォートもフードをはらった。白金の髪は、雨に濡れ水分を多く含んでいる。

「その件で、伯爵に話があり訪れました。急な訪問となり申し訳ない」

「いえいえ。王城はどうもきな臭い様子。私のような老いぼれは、辺境の地でじっくり物事を見定めるのみです」

それはつまり、伯爵の提案をベルリフォートが呑まなければ、彼は動かないと示唆しているのだった。

内乱を起こすにあたり、ベルリフォートには協力者が必要だった。

ベルリフォートを王位に、と望んでいた公爵家は早いうちに味方につけられたが、中立派を公言するリンゲル伯爵にはまだ話をつけられていなかった。

フェランドゥールの社交界は、大きく分けて三つの派閥が存在する。

三つのうち、ふたつの公爵家が対立しており、残るひとつのリンゲル伯爵家は中立の立場を示している。

対立するふたつのうちの一家が、エライザの生家であるエレアント公爵家。

そしてもう一家が、エレアント公爵家と真っ向から対立するレッサー公爵家。

レッサー公爵家は、ベルリフォートの母の生家である。そして、レッサー公爵は、ベルリフォートの叔父にあたる。

既にベルリフォートの母は故人だが、叔父と甥という血縁関係があるため、レッサー公爵はベルリフォートにこそ、国を継いでほしいと考えていた。

それに対して、エレアント公爵家はシドゥンゲリアを王に据え、自身の娘——つまりエライザを妃にして、実権を握ろうと目論んでいる。

王に、と望む者がそれぞれ違うのだ。対立するはずである。

だけど、擁する者が空っぽの頭をしていると苦労するだろうな、とベルリフォートは考えた。

シドゥンゲリアは母が隣国タザールの王族であり、長男であったことから、早いうちに王太子と定められた。

王妃であったベルリフォートの母が夭折《ようせつ》していたことも、理由の一端だろう。

シドゥンゲリアの立太子は、主にレッサー公爵の反感を買ったようだったが、王は彼を王太子に定めることを決めた。

ちょうど、南の国で革命が起き、王朝が崩れた頃合いだ。彼からしたら、タザールとの関係を良好に保ちたかったのだろう。

そして、その両者から距離を取り、中立を守るものこそが、このリンゲル伯爵。

彼を動かせるかどうかで、この内乱が成功するかどうかが決まる。

「まず初めに、私はご令嬢を妻にすることはできません」

あまりにもはっきりベルリフォートが答えたからだろう。わずかに、リンゲル伯爵が目を見開いた。

だけどすぐにまた、食えない笑みを浮かべる。

「そうでございましたか。いやはや、残念なことです」

互いに、という言葉が聞こえてきそうだ。

ベルリフォートは、ため息をついて彼に言った。

「最後まで話を聞いていただきたい。私は、愛し子であるミュライア嬢を妻にしたいと思っています」

「……愛し子？　聖女様を、ですか？」

これ以上話すことはないと言わんばかりだったリンゲル伯爵が、興味を抱いたようにベルリフォートを見る。この時点で彼は確信した。

　この話し合いが、彼の勝利に終わることを。

「ええ。王城の異変は、リンゲル伯爵も聞き及んでおられるご様子。あれは、聖女ミュライアが王城を出てから起きました。本来、聖女というものは、国が保護し、慈しむべき存在。ひとにとって、聖女という存在は不可侵でなければならない。これは伯爵、あなたも同意見ですね？」

　老齢な人間ほど、信心深いというものだ。

　ベルリフォートが水を向けると、リンゲル伯爵は戸惑った様子を見せながらも頷いた。

「ええ。その通りです。女神に愛された、神とひとを繋ぐ存在こそが聖女様であらせられます」

「女神はたいそうお怒りなのではないですか？　なにしろ、王城のあの瘴気。あれこそが神の怒りなのではないでしょうか」

「それは…………」

「だからこそ、私はミュライアを妻にするのですよ。我が一族の不始末は、同じ血を引く私こそが負わなければなりません。これは言わば、贖罪のようなもの。彼女を妻にし、他の女性もまた隣に置くような真似は、女神への冒瀆に値する。あなたもご令嬢も、神罰を与えられたくないでしょう」

「…………」

リンゲル伯爵は、彼の言葉に一理あると考えたようだった。

国を立て直すにしろ、王を新たに据えるにしろ、王城があの様子では早々に立ち行かなくなる。

それならまずは、女神の怒り――と彼は考えている。それを、鎮める方が先決だ。

そしてまた、聖女を蔑ろにするような、そんな無礼を働いたのなら今度こそ女神は許さないだろう、とも考えた。

リンゲル伯爵は杖をついて自身を支えながらも、何度か頷いた。

「仰る通りですな。まずは……女神様の怒りを鎮めなければ。私もまた、フェランドゥールに住まう貴族のひとり。国がなくなれば、世は荒れる。そして、それは決して、私にも他人事ではありません」

神の怒り、という言葉は、リンゲル伯爵に相当な衝撃を与えたようだった。

そもそもシドゥンゲリアが変わっているだけで、もともとフェランドゥールは信仰国家だ。

多くの民が女神を敬愛し、親愛している。

その神が怒っていると知れば、自身の望みよりなにより、神の怒りを鎮めることを大半の人間が選ぶだろう。それを知っているからこそ、ベルリフォートは〝女神の怒り〟という言葉を口にしたのだった。

リンゲル伯爵が杖をついて、頭を下げた。

「聖女様を何卒、よろしくお願いいたします」

それはミュライアに寄り添った言葉というより、自分たちのための言葉に聞こえた。

王城の瘴気が女神の罰だとするなら、いつそれが辺境にまで広がってもおかしくない。

それを、リンゲル伯爵は恐れているのだ。

彼の言葉にベルリフォートは微笑んでみせた。

髪先からぽたり、と雨の雫が落ちる。

「ええ。もちろん。……彼女は、聖女であると同時に、私の想うただひとりの女性ですから」

第五章　きみのいない世界

ふ、と夏の香りがした。それで、私はもうすぐフェランドールに夏が訪れることを知った。初夏の香りは、どこか森の香りに似ている。少し、不思議に思う。

私は、隣を歩くベルリフォート様をちら、と見上げた。今、私たちはふたつ目の神殿に向かう前に、食事を摂ろうと店を探している最中だった。

ここは、フェランドゥールの国民なら誰もが知るイリの街。関所で簡単に食事処の場所をいくつか教えてもらったものの、ひとが多くてなかなか見つからない。

加えて、イリの街は気さくなひとが多いのか先ほどから何度も話しかけられてうまく進めなかった。

「そこのひと！　どこから来たの？」

女性の声が聞こえて振り返る。そこには、黒髪に白のバンダナを身につけた女性が手を振っていた。

【見知らぬひとにも親切に】。

それがイリの街で大切にされている言葉らしい。足を止めた私に彼女は小走りで駆け寄ると、私の隣に立つベルリフォート様を見た。

「あら、お兄さんとってても綺麗。なになに、ふたりとも駆け落ちでもしてきたの？」

「駆……っ⁉」

思わぬ言葉に絶句すると、彼女が楽しそうに笑い声をあげた。

「あはは！　その反応、ってことは違うのかしら？　どちらにせよ、ここはイリの街。去る者追わず、来る者拒まず、の自由な街よ！　ここはリンゲル伯爵が管轄する領地だから、横暴な人間もいないしね」

リンゲル伯爵――初老の物腰が柔らかい男性だ。彼は熱心な女神教徒らしく顔を合わせるたびに親切にしてもらったことを思い出す。そのため、聖女《わたし》を蔑ろにするシドゥンゲリア国王陛下にいい感情を抱いておらず、議会に席があるにもかかわらずあまり登城していなかった。

（そう……ここは彼が管理する領地なのね）

女性は、そのまま話を続けた。

「もう、他の領地なんてひっどいんですって！　憲兵がとんでもなく権力を持ってて、偉そうで……。よそから逃げてくるひとも多いのよ」

「そうなんですね……」

知らないことばかりだ。

やはり、報告書と向き合うだけではわからないことも多い。十七年間、王城とマティンソンの家から出たことがなかった私にとって、外の世界は新たな発見ばかりだった。

こんなことなら、もっと早くに外の世界を知っていれば——。

私になにができたかはわからないし、そもそも聖女の義務がある以上遠出はできないのだが、それでも、思ってしまう。せっかく、王太子の婚約者、王の婚約者、という立場にあったのだ。なにかできることがあったのではないか、と。それが歯がゆく、悔しい。

私がそう思っていると、隣のベルリフォート様が彼女に尋ねた。

「食事処がどこにあるか知らない？」

ずいぶんフランクな物言いは、おそらくイリの街だからなのだろう。女性はフードを深く被った彼の顔をまじまじと見つめた。

身長差があるので、覗き込めば見えてしまうのだろう。

そして彼も、その視線を避けることはしなかった。ここで顔を隠せば、怪しまれてしまうためだ。

「お兄さん、やっぱり、すっごい綺麗な顔してるわね……。もしかしていいところのひとなんじゃない？　ここにはお忍び？　あら？　じゃあ、あなたは……」

女性の視線が私に向く。

まずい。このままじゃ私たちの正体にも気付かれそうだ。私は慌てて、女性の気を逸らすための弁明を試みることをした。焦ったあまり、先ほどの女性の言葉が口をついて出た。

「そ、そう！　私たち、実は駆け落ちしてきたの」

「えっ⁉」

女性は驚いた声を出した。その声に、私も我に返る。

（あ、ああーー‼）

咄嗟に口にした理由がそれなのは、きっと女性の言葉が頭に残っていたからだろう。よりによって、なんてことを口にしてしまったんだ。

隣のベルリフォート様も驚いたらしく、身動ぎした。それがまた混乱と動揺を煽る。

（ど、どうしようかしら……⁉　でも一度言った以上取り消すのは余計怪しまれるわよね？　うわーん、どうしよう⁉　どうすれば⁉）

混乱して、視界がぐるぐる回る気がした。

女性がまじまじと私とベルリフォート様を交互に見る。彼女がなにか言おうと口を開いたところで、する、と腰を抱き寄せられた。

「っ……！」

驚きのあまり、硬直する。

石像のように固まった私を抱き寄せたのは、隣のベルリフォート様に他ならなかった。彼は、落ち着いた様子で女性に言った。

「そういうことなんだ。……だから、他のひとには内密にしてくれる？　追っ手に見つかったら引き離されてしまうから」

彼がどんな表情で言ったのかは、わからない。

だけど静かなその声は、切なさを帯びていた。女性の顔がみるみるうちに赤く染まる。

そして、ぎこちなく頷いてみせた。

「そ、そうなのね。そう、そうなんだ……。わかったわ、誰にも言わない」

妙に力強く断言する。

私はと言えば、自分の発言が原因なのに、恥ずかしくて穴があるなら入りたい気分だった。

女性は、名をカナンと言った。

「そうそう。駆け落ちといえば、こんな噂知ってる？」

カナンは、食事処に案内すると言い、案内がてらそんなことを尋ねてきた。

首を傾げると、彼女はさらりと言った。

「国王陛下は聖女様に振られて、聖女様は駆け落ちした！　って話」

「!?」

思わず、吹き出しそうになった。

既のところでこらえられたのは、先にベルリフォート様が咳き込んだからだ。どうやら、噎《む》せたらしい。カナンは、そんな彼に構わず話を続ける。

「どうもね、聖女様は他に好きなひとができたらしいの。当然よね、だって王様は他に恋人がいるんでしょう？　聖女様だって嫌になるわよ、そんなの」

「そ、それはどこから……。いえ、そもそも聖女様のお相手って誰なの？」

私は恐る恐る尋ねた。どうして駆け落ちなんて話が出回っているのかわからないが、尋ねてみるとカナンの瞳が楽しそうに輝いた。

「それがね！　色々な説があるのよ。自身の護衛騎士と逃げた、というものからタザールの王子が迎えに来た、はたまた南の国の政府の閣僚に連れ去られた、とか！」

「それは……ずいぶん色々な話があるのね」

私は、突拍子もない話に感心すら抱いていた。護衛騎士はともかく、タザールの王子？　数年以上会ってないけれど……？　そもそもタザールの王子はみな四十代の既婚者だ。

（あとは……えっと、南の国？）

南の国といえば、二十年前に革命が起きた国だろうか。閣僚という言葉はどこから出てきたのかしら……。

ほんとうに、根も葉もない噂というのはあるものなのだ。

社交界でも、実に様々な噂が常に流れていたが、あれも尾ひれはひれ、そもそも事実無根のものもあったのかもしれない。噂自体を鵜呑みにしたことはないけれど、こうやって事実とは異なる情報が流れていくのか、と私は当事者になってようやくそれを実感していた。なんというか、すごい。

カナンはそれからも聖女に纏わる話をいくつかしたが、その中にベルリフォート様の名前は出てこなかった。事実は小説よりも奇なり、とは言うが、まさか死んだと思われている王弟が実は生きていた、など誰も思わないのだろう。

カナンは興奮したのか、さらに話を続けた。

隣を歩くベルリフォート様は無言だ。

あまり話して素性が知れても困るが、私の駆け落ち説についてはどう思ったのだろうか。

（……ある意味、噂は当たっているのかもしれないけど）

駆け落ちではないが、異性とふたりで行動しているのは事実だ。

「王様って多分、聖女様のことがすっごく好きだったのよ。それで、男と逃げられちゃったから後悔してるんじゃない⁉」

（そんなばかな）

思わず口をついて出そうになったが、これもこらえた。私は、聖女とは無関係なフェランドゥールの国民のひとりとして、当たり障りない返答をした。

「どうなのかしら……。聖女様がいなくなって、王城は大変なことになってるのでしょ？　陛下が聖女様を捜してるのは、それをどうにかしたいからじゃない？」

私の言葉にカナンは憤慨したように言った。

「それもあるかもしれないけど！　そもそも恋人だって、聖女様への当てつけかもしれないじゃない」

「そんなばかな」

今度こそ、耐えきれなかった。

しかしカナンはなにか確信でもあるのか、いや、ただ単純にそっちの方が楽しいからだろう。嬉々として王城に渦巻く恋愛事情を語っていった。食事処に辿り着いた時には、私もベルリフォート様も、カナンが描く架空の恋愛相関図がしっかり頭に入っていた。

カナンは案内を終えると、「ではごゆっくり～ぃ！　食事処は宿もついてるわよ！」と役立つ情報を教えてくれた後、去っていった。

私はその背中を眺めながら呆然と呟いた。

「行っちゃいましたね」

「すごい子だったね」

「私、魔物に連れ去られて助けに来る勇者を待っていることになっているようです……」

「……おもしろい子だったね」

続いて、彼が言う。

そう。カナンは、聖女駆け落ち説の次に、自身の予想を語り始めたのだ。聖女様は、人魚姫のように泡になったのかもしれない、というものから女神に連れ去られ天空に帰ったのかもしれない、はたまた魔物に襲われて勇者の助けを待っているのだ、というものまで。

彼女の発想力には驚かされるばかりだ。

ベルリフォート様に手を引かれて、食事処に入る。

やけにあっさりと、自然な流れで手を取られた。

そういえばさっきも、腰を抱かれたのを思い出す。今さらながら、頬がじわりと熱を持った。

(男性に免疫がないから……？　すごい、恥ずかしい)

でも、同じくらい、胸がドキドキする。

たとえるなら、朝日が覚めて、晴れ渡った空を窓から見た時のような。あるいは、夜、バルコニーに立ったら満天の星が見えた時のような。

それに近い気がしたけれど、それとは違うような気もした。

(なにを浮かれてるのかしら……。まずは、結界をなんとかしないといけないのに。心頭滅却……)

私は、心を落ち着かせるように深呼吸した。

案内されたのは、ラウンドテーブルの席だった。椅子は四脚あり、私とベルリフォート様は対面に座る。すぐに店員の女性がメニューを持ってきてくれた。一枚の木版に、チョークでメニューが書かれている。

どれも美味しそう。その中でも、ミルクたっぷりグラタンドフィノアと、スパイスの利いたカポナータのふたつが気になった。

でも、イリの街は山に囲まれており、標高が高いこともあって夜は冷える。ここは温まるワイン料理にするべきか……。

そんなことを考えていると、かたん、と私の隣に誰か座った。不思議に思って顔を上げると、そこには女性が座っていた。

驚きのあまり、固まった。その女性は、あちこち肌が覗く、露出度の高い服装をしていたからだ。襟ぐりが広く、胸元が露わになっているのは、夜会でもよく見かけるので驚かなかったが、足が露わになっていることに息を呑むほど驚いた。ふくらはぎどころか、太ももまで露わになっている。頭が真っ白になった。

びっくりする私に、彼女はちらりと目配せすると色っぽく笑ってみせる。

「ねえ、あなたたちどこから来たの？　この様子じゃ、王都の方？　王都ではこんな格好してる女はいないものね？」

驚きのあまり言葉が出ない私に、ベルリフォート様は無言だ。意図して無視していることに気が付いた私は、さらに狼狽えた。

戸惑っていると、女性はそんな彼の態度にはまったく気にしていない様子で体を寄せた。それにも、びっくりする。距離が……近い！

「お兄さん、ずいぶん上品な顔してるわね！　どこのひと？　貴族？」

「僕は彼女に仕える平民だよ」

あっさり、ベルリフォート様が答えた。

（仕える？　平民……!?）

情けないことに私は、なにも言えずにふたりの会話を聞いていることしかできない。ぽかんと口を開けていると、ベルリフォート様と目が合った。

ふと、彼が笑った気配がして慌てて口を閉じる。……惚けているところを見られてしまった。

私はもはやなにを言えばいいのかわからず、メニューに顔を伏せた。

経験不足の私は、なにを言ってもぼろが出てしまいそうだった。ここはベルリフォート様に任せよう。

改めて観察してみても、女性の服装はすごかった。タザールの流行り？　いや、向こうもギチギチの王制国家だ。流行りはフェランドゥールとあまり変わらないし、社交界では足を見せるなどご法度のはず。

そうすると、南の国の影響なのかもしれない。

イリの街は、自由な気風だ。

国境にほど近いこともあり、異文化が入ってきやすいのだろう、とあたりをつける。

女性とベルリフォート様は、ぽんぽん流れるように会話をしていた。

「お兄さん、ひと晩どう？」

「恋人がいるからパス」

「えー？　少しくらい、いいじゃない？　ねえ？」

ねえ？　は私に向けられた言葉なのだろう。そう理解したが、なにがねえ？　なのかわからない。
ひと晩？　ひと晩ってなに……？
動揺と緊張と混乱で、視線を落としたメニューも頭に入ってこない。
《なにこの女！　失礼にもほどがあるわ！》
とは、ルクレの言葉。
《ひと晩ってなんだ？　寝床でも探してんのか？》
とは、ビビの言葉。よかった、ビビもわからないようだ。
《あのねえ！　ひと晩っていうのは……》
ごにょごにょとルクレがなにか言っているが、声がちいさく喧騒に紛れてしまう。
その間、女性と彼は何言か話していたが、やがて女性は席を立って、どこかに行ってしまった。私は大きく息を吐いた。
《なにーー!?　そ、そんなの絶対だめだからな！　ベルリ!!》
ビビの大声に私はびっくりした。思わず四色の光を見たが、そちらを見るとなぜか精霊たちは沈黙してしまう。
（な、なんだったんだろう……？）
動揺していると、ベルリフォート様が気遣うように私に言った。

「……注文しようか？」

「はい。あの、先ほどの女性は……」

私が尋ねると、ベルリフォート様は軽く頷いた。

「大きな街だと住民の交流もさかんだからね。イリの街は、自由な気風だしそういうところもフランクなんじゃないかな」

「…………交流？」

どうしてか、その部分が気になってしまった。

つい、彼に向ける視線が物言いたげなものになってしまう。形容し難い蟠《わだかま》りを感じる。

彼が誰と親密になろうと、私には関係がない。

彼は――私に恋をしている、と言ったけれど。そもそも私はそれに応えていない。彼が誰と交際しようと、それは彼の自由だ。

（わかっているけど！　でも、私を好き……なのよね？　それなら、今は親密な関係の女性はいないのかしら？　いや、いたとしても私にはない関係がないのだけど！）

堂々巡りだし、考えても意味がない。私は疲労のため息をついた。

私の前で、ベルリフォート様が手を上げて店員を呼んだ。

注文を済ませた後で、彼が言った。

「僕が好きなのは、きみだけだよ」

――撃沈。

なんだか、ぐるぐるぐるぐると余計なことばかり考えてしまう。それを、彼に見透かされたような気がした。今は結界を張り直すという目的があるのに、どうしてこうも心がふわふわしてしまうのだろう。

(もしかして私ってちょろい……?)

いくら異性に免疫がないといえど、今は旅の途中なのだ。緊張感が足りていない。

私は、水の入ったグラスに頬を押しつけた。なんだか、頬が熱い。

ふたつ目の神殿への旅路は、順調に進んだ。

神殿に入ると、ベルリフォート様が関係者に連絡を取り、無事スターチスの花畑から一本、花をいただいた。

これで、アマランサス、スターチスの二輪の花を入手したことになる。

あと、残るはコスモスの神殿だけだ。

ふたつ目の神殿は、国の最北に位置している。そのため、三つ目の神殿に行くには北上する必要があった。

問題なければ十日ほどで到着するはずだ。

途中、王城を見かけた。

私がリオンの街で見た時よりも、ひどくなっていた。城の上の方は曇天のように、黒い靄に完全に覆われている。

明らかに、異様だ。

馬にまたがるベルリフォート様の前に座りながらジッと城を見つめていると、彼が尋ねた。

「気になる?」

「それは……。はい。城の中はどうなっているのか、とか……。城に勤めるひとたちは無事なのか、気になります」

「先日、宰相が城内退去令を全員に出した。おそらく、自分が城内に留まりたくなかっただけだろうけどね。だから、城には今誰もいないはずだよ。兄や大臣たちは近くの別荘に避難していると聞く」

「そうなのですか……」

「だから、城内はもぬけの殻。それを狙って盗賊や強盗が入り込んでは瘴気に侵されて、城下町も大混乱という話だ。城に向かう時は、注意した方がいいね」

「はい」

私が城を出た時、城下町はとても賑やかで、活気に満ち溢れていた。

どう変化しているのか、どう変わってしまったのか、考えると少し怖い。

そして、同じくらい不安になる。

黙り込むと、彼がちらっとこちらを見て、軽く私の肩を叩いた。

「大丈夫だよ。ひとは、そんなに弱くない」

「……はい。ありがとうございます」

彼に慰められたのだとわかり、少し心があたたかくなった。ぽかぽかする胸を押さえて、私は頷いた。


三つ目の神殿である、コスモスの神殿へと向かう途中、ベルリフォート様と食事を摂っていた時のこと。

常連客と思わしき男が、大慌てで店の中に転がり込んできた。

彼はつい先ほど街の警備兵から聞いたという話をしだした。

王が新たな声明を出したという。

それは、聖女への帰還要請だった。

「なんでも、王様は今謝ればすべて許すって言っているらしい」

「なんだい、そりゃあ。ほんとうは聖女様に帰ってきてほしくてたまらねぇってだけだろ？」

「城がああなったのも、天罰だっていうじゃねぇか。自分から追い出したくせに、面の皮が厚いんだなぁ」

「やめときなよ。警備兵に聞かれたら牢に連れていかれちまう」

ちょうど、昼時だったからだろう。

食事処は混雑しており、それぞれの団体客がその話で盛り上がり始めた。

みな、顔馴染なのだろう。

まだ昼間だというのに酒を飲んでいる男もいて、雑然としている。賑やかな店内の中、彼らの話に耳を傾けながらサンドイッチを食べていると、先に完食したベルリフォート様が言った。

「そろそろ出ようか。明日には着くはずだよ」

彼は、意図して目的地を言わなかったのだろう。

このひとの多さでは、誰が私たちの会話を聞いているかわからない。

万が一にも、私が聖女だと知られては困るのだ。

頷いて答えると、私はサンドイッチの最後のひと欠片を口に運んでから、ミルクで流し込む。

三つ目の神殿まで、あと少し。

道中、違和感があった。

神殿は、それぞれ辺境の地に建てられている。悪路もそう少なくなく、閑散としているために人気もあまりない。

それなのに――。

「気が付かれたな」

ベルリフォート様も同様に違和感を抱いたようだ。

山道には、多くの人間が通ったと思われる足跡と馬の蹄の跡が残っていた。

馬から降りて、彼が足跡を確認する。

「そんなに前じゃない。三日前に雨が降ったことを考えると、その後にここを通ったんだろう」

「シドゥンゲリア国王陛下でしょうか」

「どうだろうね。でも、神殿に出した手紙の返信が来ない。おそらく出せない状況にある、と考えるべきだろうな」

「…………」

「どうする？　様子を見て、先客がいたら彼らが帰るまで待つ？」

ベルリフォート様は、私に選択を委ねた。

逡巡は、わずかだった。

すぐに私は答えを出し、首を横に振った。

「いいえ。……向かいましょう。一刻も早く、王城の結界は張り直さなければなりませんから」

「……そうだね。きみなら、そう言うと思った」

ベルリフォート様が馬の鞍に足をかけ、私の後ろに座り直す。手綱を取ると、彼が言った。

「それじゃあ、飛ばそうか。待ち伏せされている可能性もあるから、予定外のルートで行く。少し、無茶をすることになるから――」

手綱を取る手とは反対の手が、私のお腹に回る。軽く、だけど有無を言わさない力で引き寄せられて、背中が彼に触れた。

その接触に、わずかに息を詰める。

ベルリフォート様の声が耳元で聞こえた。

「しっかり、掴まっていてね」

「は、はい」

「よし、じゃあ行こうか。舌を噛むといけないから、口は閉じていて」

「わかりました」

彼は私をしっかり抱えると、手綱を引いた。馬が嘶《いなな》く。

そして――すぐさま、馬は駆け出した。

(きゃっ……!?)

口は閉じているように言われたので声は出さなかったが、驚いた私は、ベルリフォート様の手と腕に縋った。今までの比にならないほど揺れる。

馬の鞍に横向きに座っていてよかった。スカートだから男性のように座れなかった、というのもあるが、馬に乗ることに慣れていない私は彼に言われたのだ。万が一の時、ベルリフォート様にしがみつくことができるように横座りにした方がいいと。

横座りをしていなければ今になって、痛感する。横座りでよかった。

そうでなければ私は振り落とされないように馬の背に情けなく縋りついていたことだろう。

右に左に体は揺れて、首もガクガクと上下した。彼にしがみついていなければ、私は早々に馬から落ちていただろう。今まで彼は、加減してくれていたのだと私は知った。
（きゃあああ！　きゃあ……⁉）
もはやベルリフォート様の胸元に顔を埋める勢いでしがみついていると、風を切る音とともに精霊たちが言った。
《わあ、はやーい！》
《すごいすごい。まるで戦陣を駆けているようだわ！》
《馬の扱いが荒いひとって、実際の性格もそうだって言われてるけど、どうなのかしら？》
《ゲヘヘー！　俺様風の子ー‼》
精霊たちも並走し、楽しんでついてきているようだった。
私はといえば、目が回る。
ベルリフォート様の胸元に顔を埋めているために、視界が塞がれて、揺れだけを敏感に感じとってしまい――これは、まずい。
主に、酔う、という意味合いで。
馬が嘶く。
その瞬間、馬体が大きく揺れた。
（……⁉）

どうやら、馬が大きく跳ねたようだった。

地面に着地すると、また、馬は駆け出した。

ふと、彼が囁くように言った。

「衝撃が来るかも。しっかり掴まっていて」

「え……!?」

《あ！　ひとがいるわ。ミュライア、大変！　やつら、銃を持って――》

ジレの悲鳴が聞こえた時、彼の手が私から離れた。

驚いたが、事前に彼に言われていた通り、しっかり彼に掴まっておく。

直後、銃声が空高く響いた。

「――！」

どうやら私たちは狙われたようだった。

幸いなことに、馬にも、私やベルリフォート様にも銃弾は当たらなかった。銃弾は近くの地面の土を抉ったようだ。

馬が、怯えたように高く鳴く。

そして突然、馬の足が速くなった。振り落とされないよう彼にしがみつく。

「うーん、やっぱりいるな。あれは王国軍か」

ベルリフォート様がいつもと同じように落ち着いた声で言った。

私の心臓は、爆発するのではないかというほどバクバク鳴っている。先ほどの銃撃のためだろう。微かに、硝煙の香りがして、わずかに顔を上げた。

そして、驚く。

ベルリフォート様は、手綱を掴んだ手とは反対の手に、銃を取り出していた。見たことのない小型の銃だ。呆然としていると、彼の静かな瞳が私を見た。

「もう少しで、森を抜ける。あと少し頑張って」

「は、はい……！」

聞きたいことは山ほどあったけれど、それは後で構わないだろう。

私はふたたび強く頷くとまた、彼にしっかりとしがみついた。

彼の言った通り、森の出口はすぐそこだった。

緑の深い森林を抜けた先で、彼は馬の足を止めた。

コスモスの神殿はもう、目と鼻の先だ。

「ここからは歩いていこうか。せっかく出迎えてもらっているんだしね」

神殿の入口の階段のすぐそばに騎士たちが隊列を組んでいた。

その手には、フェランドゥールを示す薔薇の国旗が。

そして――その中央には、杖をついたシドゥンゲリア国王陛下が立っていた。

顔の半分に包帯が巻かれ、表情はわからない。だけど、ギラつく瞳が私たちを射抜いていた。

ベルリフォート様は馬から降りると、続いて私に手を貸した。

私もまた、彼の手を借りて下馬する。

彼は小型の銃を手に持ったままだ。

私がそれを見ると、ベルリフォート様は薄く笑った。

「気になる？　でも、これは後で」

「……………はい」

どんな状況でも落ち着いている彼が、ひどく頼もしかった。

王国軍に近付くと、シドゥンゲリア国王陛下が私たちを見て、片手を上げた。

騎士たちが銃を構え、抜剣する。

ピリついた空気感に息を呑む。

目的の泉は——神殿の最奥。

そこに行くためには、シドゥンゲリア国王陛下率いる王国軍の横を通り抜けなければならない。

「お久しぶりです、兄上」

ベルリフォート様が飄々とした声で呼びかけた。

シドゥンゲリア国王陛下は、今にも射殺さんばかりに彼を睨みつけている。

瘴気の影響をもろに受けたのだろう。シドゥンゲリア国王陛下の顔のほとんどが、白い包帯で埋め尽くされていた。露わになっているのは左目くらいだが、隙間から赤黒い肌が覗いている。

異様な立ち姿だった。

「ベルリフォート……生きていたのか」

「ええ。危うく兄上の策略に呑まれ、死ぬところでしたが、これは転機だと思うことにしました。おかげで、私の計画も大きく進んだ」

「お前の計画とはなんだ？　このフェランドゥールを乗っ取ることか」

「まだそんなことを言っているのですか？　今、この国がどういう状況にあるか理解されていますか」

「どういう状況、だと……!?　この国は、呪われている。それも、その女のせいだ‼　ミュライア！　お前がすべて仕組んだんだろう!?　悪魔め！」

名前を呼ばれた以上、フードを被っている必要もないだろう。

そう思った私は、深く被ったフードをはらった。

ラベンダー色の髪が、風になびいて揺れるのが視界の端に見える。

私の顔を見ると、シドゥンゲリア国王陛下はますます怒りを濃くしたようだった。

「落ち着いてくださいませ」

奇しくも、私はエライザ様に言った言葉と同じことを口にした。

シドゥンゲリア国王陛下がなにか言おうと口を開いたので、先んじて私はさらに続けた。

「王城の時のように、また精霊の怒りを買いたいのですか」

無駄なやり取りを避けるために私は脅すようにそう言った。

彼はあの騒動を思い出したのだろう。

ぱちりと、貝のように彼は黙り込んでしまった。

私に言いたいことはあるけれど、その結果、嵐のような雷雨を呼ぶのは彼も避けたいところなのだろう。

ひとまず、話を聞いてくれるようだ。私は一歩、足を進めた。

ベルリフォート様が気遣わしげな視線をこちらに向けた。それに私は、微笑んでみせる。

大丈夫。さっきは少し驚いてしまったけれど、私はもともと、王妃になるために育てられたのだから。

これくらいのことで動揺したり、狼狽えたりはしない。

たとえ、騎士たちの銃口がこちらを向いて、いつ発砲されるかわからない状況にあったとしても、毅然と振る舞える。

私には、精霊たちも、彼も、ともにいてくれるのだから。

「まず、王城に蔓延る瘴気は私の力によるものではありません。王城の花園が燃やされたために、結界が壊れました。瘴気の蔓延はそれが理由です」

「世迷言を！」

吐き捨てる彼の言葉に被せるように、私はさらに言った。

「このままでは瘴気は広がり、シドゥンゲリア国王陛下。あなたもまた、命を落とすことになります」

「なにを……！　おま、お前が俺を殺すんだろう‼　王に仇なすとは、とんだ逆賊だ。お前は俺を殺したいんだろう⁉　俺は見ての通り、この有様だ。今じゃひとりで入浴もできない。痛くて痛くて、体を動かせないんだよ‼　金で買った下男に体を拭かせるのが精一杯だ。これがお前の求めていた姿か⁉」

怒鳴り声をあげる彼は、私のせいだ、と思い込んでいるようだった。

聞く耳を持たない様子の彼には、訂正も難しい。

「そのようなお体になってしまったこと、不憫に思います。ですが、私の力ではありませんし、私が願って今の状況を招いたわけではないことを、今一度申し上げておきます」

「っ――なんでもいい。なんでもいいから、早く俺を治せ！　今ならまだ、許してやる。地べたに這いつくばって俺の靴を舐めるなら――」

その時、光が走った。

止める間もなかった。

精霊が力を振るったのだ。

風の刃が空気さえも切り裂いて、シドゥンゲリア国王陛下の頬を切り裂く。

「うわあああ！」

彼が悲鳴をあげて、よろめき、その場に倒れ込んだ。

からんからん、と場に似つかわしくない軽い音が響き、杖が転がる。

今のは、風の精霊、ジレの力だろう。

沈黙していることから、相当頭にきているのだろう。ほかの精霊たちも同様に言葉を発しない。いつも賑やかなだけに、彼らの怒りを強く感じた。

その時、シドゥンゲリア国王陛下の顔に巻かれていた包帯がはらりと落ち、その肌が露わになる。

赤黒さを帯びた肌は、不自然に盛り上がり、瘤のようになっていた。

「ひ、ひぃぃぃ。や、やめろ。助けてくれ……！」

国王のあまりにも情けない姿に、周りを囲む騎士たちも困惑しているようだった。

シドゥンゲリア国王陛下はずりずりと後ろ手をついて後退していたが、やがて自身を守る騎士の背に隠れると、声高に叫んだ。

「ミュ、ミュライア！　お前も死にたくはないだろう……!?　ならすぐ、俺の顔を――」

「……哀れですね。陛下」

私は、憐憫の思いで彼を見た。

彼は、絶対的な自信に満ち溢れており、自身の決断は正しいと信じて疑わないひとだった。

そんな彼がここまで堕ちてしまったことを、ただひたすら残念に思う。

「おかわいそうに。あなたは謝る、ということができないのですね。私はそれをとても哀れに……お労しく思います。あなたは謝る術を知らない。きっと誰も教えてくださらなかったのだと思います。だからこうして、威嚇し、罵ることしかできない。あなたは肯定され、絶対的なものだ、と言われて育った。……あなたには、善悪の判断ができないのでしょう？」

彼は、被害者だ。

肯定され、絶対的な存在だと妄信されて育った。

そのために、自らの行いはすべて正しいのだと思っている。信じている。

「なにを……」

「断言しましょう。聖女ではなく、あなたを昔から知る、ひとりの人間として。あなたはきっと、フェランドゥールを破滅に導く王となる。民のために下げる頭も持たず、かといって王としての誇りを持たず。代わりにあるのは、自己愛と驕りだけ。心底、残念です。もっと、優れた——王として機能する程度にはまともな方だと思っていました」

「っ……」

はくはく、と彼が口を開閉した。

私は、彼を強く糾弾しながら同時に、私にもまた罪があると思った。このような状況を招いた原因の一端は、私にある。それを、私は確かに自覚していた。

私は、シドゥンゲリア国王陛下が公務を滞らせ、政《まつりごと》をおろそかにしていることを知っていた。知っていて、なにもできなかった。私は、彼に何度も議会に参加するよう伝え、私にもなにかできないかと大臣にかけ合い、図々しいことは承知の上で議会に顔を出すようにもしていた。だけど、たったそれだけ。

それらの行動はシドゥンゲリア国王陛下に強く批判され、私はなにもできなかった。私は、無力だった。真に国を思うなら、聖女の立場にある人間なら。

罰を受ける覚悟を持って、彼にぶつかるべきだったのだ。

小麦の不足で国内が荒れた時、ベルリフォート様が独自の判断で行動したように。私も、捨て身の覚悟で動くべきだった。

シドゥンゲリア国王陛下の傲慢さは、私のせいでもある。

もっと早くに、彼としっかり話しておけば。もっと早く、はっきり彼に言っていれば。

それができる立場だったのに、私はしなかったのだ。後悔ばかりが、胸を占めて苦しい。

だけど、だからこそ。後悔しているからこそ、もう誤ってはいけないと思う。正しい強さを、私は教えてもらったから。もう、逃げないと私は自分に誓った。

シドゥンゲリア国王陛下へ引導を渡すのは、彼の婚約者だった私がすべきだと思った。

「王位を、返上してくださいませ」

シドゥンゲリア国王陛下は、目を見開いた。愕然としているようだ。

「――」

「それが、あなたに手を貸す――あなたに治療を施す条件です。できないのであれば、私はこのままあなたを見捨てます」

精霊たちはなにも言わなかった。

私の判断を受け入れてくれている、ということなのだろうか。

視界の先、騎士の足元に蹲りながら、シドゥンゲリア国王陛下がわなわなと震えた。

ざわざわと風が揺れた。

「撃て、撃てぇ！　あの女を殺してしまえ‼」

彼は叫んだ。

「シドゥンゲリア陛下……！」

叫ぶが、もう彼に私の声は届いていない。

「ミュライア」

ぐっと、腕を掴まれた。見れば、ベルリフォート様が首を横に振っている。

「でも」

「話し合いを拒んだのは向こうだ」

彼の言葉にくちびるを噛んだ。

甘い考えだったのだろうか。話せば、きっと理解できるというのは私の思い上がりだったのだろうか……？　傲慢、だったのだろうか。

隊列を組んだ騎士たちは彼の言葉に狼狽えたようだったが、やがて覚悟を決めた目でこちらを見た。

ぐい、と強くベルリフォート様に引き寄せられる。

「銃弾は精霊たちに任せる。ミュライアを守ってあげて」

短く彼が言うと、突然話しかけられて驚いたのだろう。ビビが反応した。

《え、え、俺様？　いや、言われなくてもやるけどさぁ！》

《相変わらずこのひとって当然のように話しかけてくるのねー！　なんだか新鮮！》

ルクレが言い、彼女はくるりと一回転した。

そんな普段と変わらないやり取りだったが、直後、弾丸の雨が降る。

その衝撃と風圧に思わず顔を庇う。よろめいたが、転ばずに済んだのはベルリフォート様に支えられていたからだった。

騎士たちの銃撃は、私たちに届かなかった。

すべて精霊の力で弾かれているからだ。

私たちを取り囲むように光の膜が張り、その外側に銃弾はぶつかり、落ちていた。

それでも銃弾は止まらず雨のように勢いよく叩きつけられる。

その中で、ベルリフォート様が小型の銃を手に持ち、照準を合わせていた。

ハッとしてその先を見ると――視線の先には、シドゥンゲリア国王陛下がいた。

（まさか――）

彼を撃とうとしているのだろうか。

そう思った直後、ベルリフォート様の指がトリガーを引いた。途端、軽くない衝撃が私の体にも伝わってくる。

それと同時に、銃声が鳴る。

ベルリフォート様が撃ち抜いたのは、シドゥンゲリア国王陛下の足先すれすれだった。

「うわあっ⁉」

彼が悲鳴をあげて、バランスを崩したのか倒れ込む。

周囲を固める騎士が慌てて彼を助け起こすが、また、ベルリフォート様が銃弾を放った。

今度は、シドゥンゲリア国王陛下の膝の間を。それは彼の肉体を穿《うが》ちはしなかったが、服を掠めたようだった。

威嚇射撃だ、と頭で理解したがあまりに見事な射撃の腕前だった。

「ひ、ひいいい‼　や、やめろぉお‼」

彼は逃げるようにのたうち回るが、足がうまく動かないのか、芋虫のように転がるだけだ。

それを目の当たりにした騎士たちが怯え、次々にトリガーをかける手を止めた。
いつの間にか、銃を撃つ騎士は誰もいなくなっていた。
それを見届けて、精霊たちも力を使うのを一時やめた。
シドゥンゲリア国王陛下が、未だもんどり打ちながら、叫んだ。
「や、やめろ！　やめてくれ！　頼む‼　なんでもする。なんでもするから……！」
「では、彼女の言葉を呑むと？」
ベルリフォート様が、銃をゆっくりと下ろす。
彼の静かな声は、シドゥンゲリア国王陛下に恐れを抱かせたらしい。
彼は脅えた様子で何度も強く頷いた。よくよく見ると、彼は泣いていた。
「お、王位も返上する。だから、命だけは……命だけは、助けてくれぇ！」
洟を啜る音もした。そんな彼の姿はあまりにも――そう、哀れだった。
どうして、こうなってしまったのだろう。
彼が私を断罪せず、正しく王として、互いに協力関係を築けていたのなら。
彼がベルリフォート様を追い落とそうと、姑息な手段を使わなければ。
もしも、の話をしても仕方ない。
それは理解しているが、それでも、考えてしまう。
こんな結末ではなくもっと――穏やかな未来も、あったのではないか、と。

シドゥンゲリア国王陛下から王位を返上する言葉を聞いた後、私たちはようやく神殿の中へと足を踏み入れた。シドゥンゲリア国王陛下はベルリフォート様がその場で掌握した近衛騎士隊に拘束され、彼が指揮する部隊に引き渡された。

シドゥンゲリア国王陛下――いや、事実上、彼はもう国王ではないだろう。シドゥンゲリア様は一連の責任を追及され、王城の地下牢に収監される予定だと聞いた。

『皮肉なものだね。過去、濡れ衣を着せて地下牢にぶち込んだはずの弟に自分もまた収監されることになったのだから』

彼は酷薄に笑った。

神殿に住まう聖職者たちは、突然の銃撃戦に顔色をなくしていたけれど、ベルリフォート様が次期王となることを話すと、心底安堵した様子だった。

やはり、聖職者として、王城の花園を燃やしたシドゥンゲリア様を認められずにいたのかもしれない。

神殿の最奥に向かい、神殿長から預かった鍵で木の扉を開ける。

向日葵によく似た、蜜柑色の花が咲き誇っている。

これが、最後の神殿。

私は、花の前に膝をつくと、今までの神殿と同じように一輪のコスモスの茎を手折った。

これで、すべての花が揃ったことになる。

「あとは、王城に戻るだけだね」

ベルリフォート様もまた私の隣に膝をつき、同様に花を見つめていた。

きっと、同じことを考えていたのだろう。

私は、コスモスを一輪手に持ちながら、ゆっくり彼を見た。

きっと、彼はついてくると言う。

瘴気に満ちた、王城に。

だから。

「王城には、私ひとりで行きます」

「……そう言うだろうな、と思った。でも、僕は反対だ」

「どうしてですか？　私にはこの子たち……精霊たちもいてくれます。危険なことはありません」

むしろ、ベルリフォート様が来る方が危ない。

今の王城は、瘴気に蝕まれている。城内に入れば彼もまた、瘴気に侵されてしまうだろう。

瘴気に蝕まれると、痛みや掻痒、痺れに苛まれるという。そんな苦しい思いを、私は彼にしてほしくなかった。

そう思って彼を見つめると、ベルリフォート様は私を見て――少しだけ、困ったような顔をした。

「わかってる。これは、僕のわがままだ」

「………」

「きみが、聖女だから、とか。愛し子だから、とか、関係ない。……僕はただ、好きな子がひとりで行動するのが心配なだけだ。だから、ついていきたい」

「――」

飾らない、ストレートな彼の言葉は、私の心に深く刺さった。

こういう時、私はどういう顔をすればいいかわからない。

そして、いつも私を取り囲むように揺れる精霊たちは気を使っているのか不在だ。完全にふたりきり。

「………では」

私は、絞り出すようにして言葉を紡いだ。

顔を上げる。ベルリフォート様が、穏やかに私を見ていた。

彼はまるで、陽だまりのようだ。

そう思って、初めて彼と会った時もそう感じたことを思い出した。

彼は、変わっていない。

あの頃から穏やかで、優しくて、いつだって私を導いてくれる。

城内で迷子になっていた私を、助けてくれたように。

「好きなひとのお願いを、聞いてくれませんか？」

私の言葉に、彼が驚いたように息を呑む。

口にしておきながら、私もまた、恥ずかしかった。狡い言い方であることは、理解していた。

それでもきっと、こうでも言わないと、彼は私から離れない。そんな確信があった。

彼は困ったように空を仰ぎ、それからなにか言おうとして——言葉にならなかったようだ。

彼はため息をついて、額を押さえた。

「……そう言われたら、聞くしかない」

「ありがとうございます」

ホッとして笑ってお礼を言う。彼からは恨みがましい瞳を向けられた。

納得がいかなそうな、言いたいことがたくさんある、とでも言いたげな顔だ。

だけど、彼が口にしたのは不満でも、旅の注意でもなかった。

彼は言った。懺悔するように、告白するように。

「僕の心臓は、きみが握ってる」

「え……」

「僕を生かすも殺すも、きみ次第だ、と言っているんだ」

そう言った彼の瞳は。

冗談だと笑い飛ばせないほどの真剣さがあった。

「覚えておいて。きみは、きみだけの命じゃない。……きみのいない世界で、僕はきっと、生きられない」

彼が、諭すように、囁くように。

優しい声でそう言った。

第六章　それは愛の花

城下町まで、ベルリフォート様が同行してくれることとなった。

城内には立ち入らないけれど、城下町までは同行する。そうでなければ、城内での単独行動を認めない。

そう言われて、互いの落としどころとして、そうなったのだ。

以前なら、城下町はフェランドゥールでもっとも安全な街だった。

だけど、瘴気が渦巻き、強盗や盗人が次々城内に入っては瘴気に蝕まれるようになってからは、混乱を来すようになった。警備兵もその半分が田舎の実家に帰り、今は有志のひとびとが城下の治安にひと役買っているという。


三日後。

城下町に着くと、建物や街道に変わりはないのに、明らかに以前とは雰囲気が異なっていた。

まず、至るところに武装した警備兵が立っていて、物々しい。

城下町に入る際の持ち物検査も厳重に行われ、武器類はすべて取り上げられる。

兵や騎士は別だが、自身の身を守るために所持していた商人や旅人は例外なく武器を取り上げられていた。

ベルリフォート様が所持している銃もまた、回収されてしまうだろう。

そう思っていたが、意外なことに彼は銃を取り上げられなかった。

驚いてそちらを見ていると、検問を通った後に彼がいたずらっぽく笑った。

「ここの上層部にはツテがあってね。少し、目溢ししてもらってる」

「……毎度のことながら、ベルリフォート様の人脈の広さには驚かされます」

「一年も亡霊でいたからね。その間にせっせと人脈作りに精を出していたんだ。こういう時、役に立つ」

にっこりと彼が笑う。

シドゥンゲリア国王陛下に冤罪をかけられたことは、彼も予期しない出来事だったはずだ。

だけど彼は、ピンチをチャンスとした。

その胆力には驚きを隠せない。

城下町に入ると大通りを歩きながら、私は彼に尋ねた。

「ベルリフォート様が所持されている銃は……見たことがありません。新しく開発されたものですか？」

銃といえば、大きく、重さもあるものだ。安易に持ち運ぶことはできない。

だけど彼の持つ銃は手のひらサイズで、実にコンパクトだった。だから新しく開発されたものなのかと思い、尋ねると彼が笑みを浮かべて答えた。

「そう。革命が起きた南の国で、新たに作られた兵器だよ」

「南の国で……」

「マスケット銃に比べると威力は落ちるけど、コンパクトで実用的だ。こうして楽に持ち運びもできる。銃といえば、大型兵器というイメージを大半の人間が持っているだろうけど、これが広がれば時代は大きく変わる。少なくとも、剣の時代は終わるかもしれない」

「時代が……」

彼の言葉を繰り返すだけの私に、彼が少し考える素振りを見せた。

「ミュライアも、練習すれば使えるようになるかもしれない」

「私がですか……⁉」

今まで、武器というものを手にしたことはなかった。

聖女は武力からは縁遠い位置にあってほしい、という周囲の考えからだった。

聖女は俗っぽい物理攻撃よりも神秘の力を使うべきだ、と考えられているから。

驚きと同時に、私はそわそわした。

今まで剣はおろかナイフすら触れることを禁じられてきた。

そんな私にも、使うことができるだろうか。

そっと、彼のローブのポケットに仕舞われている銃に視線を向ける。

私の眼差しに気付いた彼が、ちいさく苦笑した。

「身を守る術は、ないよりあった方がいい、と僕は思う。きみを守るのは僕の役割だし、きみには精霊がいるかもしれないけど、何事にも万が一、というのはある。備えておけば、もしもの時に役立つはずだ」

「ありがとう……ございます。使い方を教えてくださいますか？」

「僕が講師でいいの？　ひとに教えた経験はあまりないんだけど……」

「ベルリフォート様がいいです」

彼の銃弾は、あの銃撃戦の中、狂いなくシドゥンゲリア様の足のすぐ横の土を穿った。

対象を傷つけずに足のわずか横、というピンポイントを狙うのは、時に相手を打ち抜くよりも至難の業なのではないだろうか。

相当に練習を重ねたのだろう。

それに、銃撃戦となってなお彼はひどく落ち着いていた。場馴れしているのだ。

彼から、学びたいと思った。

私の言葉に、彼が少し驚いたようにこちらを見た後——ぎこちなく、私から視線を外す。

「責任重大だな。いい講師になれるよう、努めるよ」

彼から承諾の言葉を受け取って、また私は微笑みを返した。

ベルリフォート様と王城の入口で別れると、私はひとり、城へと向かった。

シドゥンゲリア様に突然呼び出されて、追放だ、処刑だ、と言われてから、三カ月が経過している。

神殿を巡ることに必死だったから、三カ月も経過したという感覚はあまりない。

城に入ると、玄関ホールが広がっている。

いつもなら、近衛騎士が間隔を空けて城の警備のために立っているのだが、ベルリフォート様が言った通り、誰もいない。

まさに、もぬけの殻だ。

空気はどんよりと重たく、黒煙のような靄があちこちに広がっている。

(これが、瘴気)

私に、瘴気は効かない。

私には祝福の力がある。

それはつまり、瘴気を祓う力だ。

その力があるからこそ、私に瘴気は効かないのだと、精霊たちが説明してくれた。

《ひゅう～。おどろおどろしい。なんか出そうで怖ぇー》

《もう、ミュライアを怖がらせないで！　怖がってるのはビビ、あなただけよ！》

怖がるビビに、ジレが怒った声を出す。

《うお、なんだよ！　ミュライアは怖くないのかよ‼　無人の城だぜぇ～？》

「……少し、心細くはあるかな。だから、みんながいてくれて助かっているわ」

素直な気持ちを口にすると、紫の光が上を下へと大忙しで揺れた。

どうやら喜んでいるらしい。

《ミュライアがそう言うなら、いいけどぉ》

《大丈夫よ。ひとの気配は近くにないし、ここには今ミュライアしかいないから！》

ネモとルクレがそれぞれ教えてくれる。

よかった。無人の城が妙にもの寂しく、おどろおどろしいというのはあるが、それ以上に強盗や盗人と鉢合わせる可能性の方が怖いと思っていた。地の利は私にあるとはいえ、あまり好んで出会いたいとは思えない。

結局、幽霊より人間の方が何倍も恐ろしいのだ。

見慣れた道を、見慣れない光景とともに歩く。

光を失い、人気のない城はまるで王城ではないようだ。

回廊を抜けて、記憶にある花園の場所へと向かう。花壇ごと破壊されたのでてっきりなにもないだろうと思ったが、そこには新たな花壇があった。

記憶にはない色とりどりの花が咲いていたが、瘴気の影響を受けているのか、水をもらっていないのか。

おそらくその両方だ。花は枯れかけているように見えた。
見覚えのない花なので、おそらく、ひとの手によって新たに移されたものだろう。
王城の異変が、花園にあると考えた誰かがいるのかもしれない。
もしかして、シドゥンゲリア様だろうか。
いや、彼はこれを災いと言っていたから彼ではないだろう。
そんなことを思いながら、私は土肌が露わになった地面の上に膝をついた。
瘴気が蔓延しているために、視界も悪い。それは黒煙のようだった。
腰に提げていた巾着袋から、花を三輪、取り出した。
アマランサス、スターチス、コスモス。
それぞれの花を土の上にそっと置いて、精霊たちを見た。
「……これから、どうすればいい？」
《ありがとう、ミュライア！　もうそれで十分よ。少し待ってね》
答えたのは、ネモ。
他の精霊たちがそれぞれ、花の前に降りる。
ジレが、アマランサスの前に。
ビビが、スターチスの前に。
ルクレが、コスモスの前に、それぞれ着地した。

それぞれ、同じ色を纏っている。

精霊たちは花を囲うようにぐるりと並ぶと、唄うように呪文を唱え始めた。

《――女神の花よ》

《今こそまた》

《ひとに還る時――》

それは、そよそよと風がそよぐような声だった。あたたかな陽だまりを感じさせるような、そんな柔らかさがあった。

精霊たちは唄いながら花を囲むように踊った。手を繋いでいるようにも見える。

ふと、天上から雲を貫いて光が降る。

その眩い光線は三輪の花を照らし、淡く発光した。

「……！」

眩しさに目を細めた時――既に、花はもう、花の形をしていなかった。

そこには、雫型の種が三つ。

それを見た精霊たちが、未だにくるくるその周りを回りながら口々に言った。

『やったぁ、成功したわ！』

《これをね、土に植えてミュライアが祝福の力を注げば、花は育つわ》

《花の成長は遅いから、芽しか出ないだろうけど……》

《結界は張り直されるから、安心しろよな！》

私は、彼らの言葉を聞きながらそっと種に手を伸ばした。女神が与えた花から作られた種は、未だ淡く光を纏っているように見える。

「……ええ。やってみる」

私は精霊たちに答えると、土をかいて種を中に埋める。

そして——長年祈りを捧げてきたこの場所で、私は今までと同じように、祈った。

どうか、フェランドゥールを守ってください、と。そう願った。

いつもなら、朝日が昇ってから日が沈むまで祈るものなのだが、瘴気が蔓延している今、太陽がどこに位置しているかもわからない。

そのため私は、いつもよりかなり早い段階で祈りを切り上げた。

体感にして、数時間程度だろう。

種を埋めた場所を見ると、ほんのわずかに、だが——芽が出ていた。

「……よかった」

ホッと安堵する。

祈りをふたたび捧げる日々を送れば、きっとこの芽は花を咲かせるはずだ。

記憶にあるような豪勢な花園になるまで——いったい、どれほどの時間がかかるだろうか。

きっと、十年単位で時間が必要だ。

いや、十年、百年、かかるかもしれない。

それでも、焦らなくてもいいと思った。

少しずつ、少しずつ、成長していけばいいのだから。

結界が張り直されれば、瘴気に怯える必要もない。これで、フェランドゥールはもとの状態に戻ったのだ。

そう思って、深く息を吐こうとした時。

ふと、なにかを忘れているような気がした。

だけど、いったいなにを――。

土の上に覗く芽を見つめながら考えをめぐらせると、すぐにその正体に気が付いた。

薔薇だ。王城の花園には、アマランサス、スターチス、コスモス、そして……薔薇が植えられていた。

今ここに、薔薇の種はない。

以前、精霊たちに尋ねたはずだ。

『三つの神殿にあるのはコスモス、アマランサス、スターチスだけなのよね？　……薔薇は？』

だけど彼らは、示し合わせたように沈黙を選んだ。

その後、ベルリフォート様に話しかけられたのもあって、そのまま忘れていた。

でも今、薔薇の種がなければ、結界は張り直されないだろう。

精霊たちの姿を捜すと、彼らは地面に膝をついたままの私の膝の上、肩の上、手のすぐそばにそれぞれ漂っていた。
《ねえ、ミュライア。ベルリフォートのことは好き？》
薔薇の種のことを尋ねようとした矢先、緑の光をふわふわと揺らしながらジレが、私の手のそばで尋ねた。
その質問に面食らう。まさか、彼らから聞かれるとは思わなかった。
戸惑う私に、赤の光を纏ったルクレが、私の膝の上でダンスをするようにしながら言った。
《私は悪くないと思うわよ？　コウブッケン、ってやつじゃない！》
ルクレはいったい、どこでそんな言葉を覚えたのだろう。
戸惑っていると、私の肩に座ったネモがさらに言った。
《じゃあ、ミュライアはベルリフォートのこと、嫌い？》
「嫌いってわけでは……ないけど」
《煮えきらねぇなぁ！　単純な話だろ！　好きか嫌い、どっちだ！》
痺れを切らしたようなビビにまで追い打ちをかけられ、私は呻いた。
「う、う－ん……。まだわからないわ。それより、薔薇の花のことなんだけど――」
《甘い、甘い甘い甘い！　甘いわ、ミュライア!!　まだわからない。そう言っているうちに、横からかっさらわれちゃうのよ。美味しい獲物は特に！》

ネモが叫ぶように言った。
その声量に耳がキーンとする。
《じゃあ、ミュライアはベルリフォート様が他の女と結婚してもいいって言うの！》
精霊たちは妙にベルリフォート様を推す。私は戸惑いながら彼らの質問に答えていく。
「ベルリフォート様が結婚？　……他の女性と？」
《そうよ。ベルリフォートは王になるんでしょ？　王様って、お妃様が必要って、あのシドゥンゲリア《クズ》が言ってたじゃない！》
《それに、ミュライアはフェランドゥールに残るのよね？　人間たちが聖女をほったらかしにするはずはないわ。ミュライアもきっと結婚を迫られるはずよ。そうなったらミュライア、あなたどうするの？　そこら辺の手頃な男と結婚するの!?》
手頃な男!?　思わぬ言葉に驚いたが、それよりも話の内容だ。
「なっ……ま、まだベルリフォート様が結婚されるか決まったわけじゃないし、私だって」
《だから甘いって言ってるの！　そんな悠長なこと言ってたら、ぜーんぶ手遅れになっちゃう！》
ついに痺れを切らしたのか、ネモが私の肩から飛び降り、宙を忙しなく旋回し始めた。
《ねえ、ミュライア。少しでいいから考えてみて。ベルリフォートのこと……どう思ってるの？》

暴走状態となったネモの次に、ジレが優しく諭すように私に尋ねた。

「…………」

《大事なことなんだよぉ。ミュライア、考えてくれよ～》

ビビの弱りきった声を聞いて、私はまた困惑する。

どうやら、この精霊たちは本気で聞いているようだ。

なぜ、それがこのタイミングなのかは気になるところだけれど、精霊に人間の常識は通用しないと長年の付き合いで理解している。

早々に諦めた私は膝を立てて座ると、膝に顔を埋めるようにして、考えた。

「ベルリフォート様は、親切な方よ。とても、頼りになるし、優しいと思う。どうしてあんなひとが私を好きなのか、未だにわからない」

《……ねえ、ミュライア。人間の好き、っていう気持ちは、私にはわからない。でも、私もミュライアが好きよ。それと、同じことなんじゃない？》

ジレが優しく言った。

やはり彼女は、私にとって姉のような存在だ。幼い頃に思ったことをふたたび思った。

「でも、気になるの。彼にとって、私が聖女であることはメリットなのかもしれないけど……それ以外で、私が彼に差し出せるものってあるのかしら……」

ほんとうに私でいいのか。

それが、どうしても気になってしまう。

私はできた人間ではない。

シドゥンゲリア様に追放やら処刑やらと言われ、牢に捕らわれた時も、逃げることしか考えていなかった。

同じ状況に陥ったベルリフォート様は、それをチャンスとして捉えたのだ。

そして、一年もの間、反撃のチャンスをうかがっていた。

私にはできなかったことだ。

考え込んでいると、私の膝の上に乗ったままのビビが悩むような声で言った。

《うーん。それってさぁ、つまり、ミュライアも相当ベルリフォートを好き、ってことだよな？》

「えっ……？」

驚いて顔を上げる。

私の手の上に着地したルクレがビビの言葉を引き継ぐように言った。

《そうね。私もそう思う。あの人間に、ミュライアは尽くしてあげたいと思ってるんでしょ？　でも、自分では相手にふさわしくないって思ってる。ミュライア以上にふさわしいひとなんていないのに》

《ベルリフォートは、ミュライアが好きなんでしょう？　じゃあ、ミュライア以外に適任はい

ないじゃない。それなのに、自分じゃ不足かも、なんて思うのはきっと、彼にも失礼なことよ》

「ルクレ、ジレ……」

私には、恋愛というものがわからない。

だってそれは、今まで私とは縁遠いものだったから。

恋愛は、聞くもので、見るもので、体験するものではなかった。

だから、いざ自分が当事者になると、正解がわからなくて、戸惑う。そもそもこの気持ちに正解があるかすらも、わからない。

ふと、彼の言葉を思い出した。

リオンの街で再会した時、彼は言った。

『また、きみにあの時のように笑ってほしい』

あの時の私は彼の意図がわからなかったから、戸惑った。

だけど――恋というのは、そのひとの笑顔が見たくなるものなのだろうか。

《ミュライアは、ベルリフォートが他の女と結婚してもいいのか？》

それは、ビビの言葉だった。

(他の女性と……)

思い出すのは、イリの街でのこと。イリの街で会った女性は、親しげにベルリフォート様に体を寄せていた。結婚するということは、相手の女性と親密になるということ……。

彼は、私の瞳が好きだと言った。

囚われている、とも。

瞳。そして、笑顔。

ベルリフォート様に笑いかけられると、安心する。ホッとして、すべてが許されたような気持ちになる。

彼の瞳を見ると、縫いとめられたように逸らせなくなってしまう。彼の夜明け前の広い空のような紺青の瞳は、静かで落ち着いていて、私の本心など呆気なく暴いてしまいそうで、少しだけ怖くもあった。

優しいひとだ、と思う。

だけどきっと、彼は優しいだけではない。

突然銃撃戦となったあの場で、迷いなく適切な箇所に狙いを定め威嚇射撃ができる程度には——非情で、冷静な判断ができるひとだ。

精霊たちが言うように、いずれ、私も結婚しなければならないのだろう。

フェランドゥールにとって聖女は、なにがなんでも手放すことができない存在だ。

今回の瘴気事件もあり、きっと重臣たちは考えるはずだ。

外国に逃げられないよう、聖女《わたし》をフェランドゥールに縛りつけなければ、と。

そして、その最たる方法はきっと、結婚という手段。

ベルリフォート様とのことがなくとも、いずれ私は結婚を迫られるだろう。

国のため、民のため、フェランドゥールに残るよう諭されて。

その時、私は誰の妻になるのだろうか——。

私は、物心ついた時からシドゥンゲリア様の妃になることが定められていた。

だけど互いに愛はなく、恋愛感情もなかったから、結婚というのはそういうものなのだろうと割り切っていた。

でも、今は。

「……嫌、だ」

答えは、もう出ていた。一度気が付いたら、それはぱっちりと胸に嵌まり込んだ。まるで、パズルのピースがぴったりと嵌まったかのように。

精霊たちは私を急かすことなく、待っている。

私はふと、空を見上げた。

渦巻く瘴気は、太陽の光さえ遮って、その向こうを覆い隠してしまっている。

「……妻になるのなら。私が選んでもいいのなら。私が、決めてもいいのなら。……私は、あのひとの妻になりたい。……他のひとでは、嫌」

《ミュライア……》

精霊たちが私の名前を呼んだ。

だから私は、彼らを見て、思い出すように言葉を紡ぐ。

「……具体的にね。未来を考えた時に……隣にいるのは、彼であってほしいと思ったの。そして……彼の隣にいるのもまた、私であってほしい。ねぇ……みんな。私、恋しているわ。きっとこれは、一生に一度の感情。だって私……」

こんなにも、ドキドキしているの。

顔が、焦げるように熱い。

私の言葉を聞いて、ジレが笑って言った。

《ミュライア、恋をしたのね。とても素敵よ。今のあなた、幸せそうだもの！》

ふたたび、私は膝をつき祈りを捧げていた。

薔薇の種を生み出すのに必要なことは【聖女の愛】だという。

《ミュライアも知ってるでしょ？　薔薇は、愛の花なの。だから、愛がなければ花は咲かないのよ》

どうりで、精霊たちがベルリフォート様のことを推すわけだ、と納得した。

私が愛を知らなければ、薔薇は生まれないのだから。そう思っていると、ジレが私の前に降り立ち、言った。

《でも、ミュライアの相手が誰でもよかったわけじゃないのよ？　あの人間なら、あなたを任せられるって思ったの》

《そうそう。いくら薔薇の種が必要だからって大切なミュライアをそこらの男にやられるかってなぁ〜》

《あの男は、信頼できるわ。私たちの信頼をも勝ち取る程度には、いい人間だと思う》

精霊たちの言葉に私もまた頷いた。相手が誰でもいいわけではない。ベルリフォート様だから。彼、だから。私は恋をした。

私は、彼らの言葉通りにふたたび祈りを捧げていた。

想うのは、民のことでも、国のことでも、女神様のことでもない。

考えるのは、ただひとり。

今さっき――ともに在りたい、と願ったひとのこと。

「…………」

まだ、目は開けない。まだ、私の想いは届けられていない。

そう思ったから。あと、少し。

「…………」

それからまた、どれほどの時間が経っただろう。

そろそろいいだろうか。

そういえば、足の感覚があまりない。集中しすぎて痺れてしまったようだ。

そう思って目を開けると――ワ、と精霊たちが私の周りを激しく飛び始めた。

《やぁっと気付いたぁ！》

《ミュライアったらずぅっと祈っているんだもん！　もう私たちの声が届かないのかと思っちゃった！》

わあわあ騒ぐのは、ネモとルクレだ。

相当心配させてしまったようで、ジレとビビが私にしがみつくように触れている。

そんなに時間が経っていただろうか。

思った以上に集中しすぎてしまったようだ。

どれほどの時間が経過したのか知りたいが、空は変わらず瘴気が渦巻いていてまったくわからない。

私は精霊たちに尋ねた。

「ごめんなさい。集中してしまって……。どれくらい私は祈っていたの？」

その答えは、意外なところからもたらされた。

「僕が来てからは、一時間くらい。きみが城下町を出てから、一日が経過するよ」

「――……!?」

声は、私の隣から聞こえてきた。

腰が抜けるかと思うほど、驚いた。
バッと勢いよくそちらを見れば、そこには膝をつき、頬杖をついた彼――ベルリフォート様がいた。
驚きに息を呑む。なにから言えばいいのか、なにを言えばいいのかすらわからない。
完全に硬直してしまった銅像のような私に、ビビが言った。
《ミュライアがぜーんぜん反応しないからさぁ？　俺様、大慌てでこの人間連れてきちゃったんだよ》
《基本、人間に私たちの声は届かないけど、私たちの存在を知っているひとに存在表明することはできるから》
《ルクレとビビがね……突然、彼の部屋の調度品を落として回ってね……。伝えるにしても乱暴すぎるんじゃないかと思ったんだけど……》
《ベルリフォートじゃなかったら、ポルターガイスト扱いされていたと思うわ》
ジレとネモが頷くように言った。
どうやら、精霊たちにとても心配をかけてしまったようだ。
そして――彼らは、ベルリフォート様を呼んだ、と。私が反応しないから。
精霊たちの言葉を聞きながらも、私は彼の瞳から視線が逸らせない。
星の浮かぶ、宵闇のような瞳だ。

きらきらと光るその瞳は、そうだ。タンザナイトにもよく似ている。星屑のような煌めきに、深い青。

落ち着いた静かな瞳は、私を見つめていて――。

綺麗、と思った瞬間。体の温度がぐっと上がった気がした。顔も、火が出そうなほど熱を持つ。

ばっ、と気が付けば私は、彼の瞳から視線を逸らしていた。

(ど、どうしちゃったの私⁉　今までふつうにできていたのに‼)

なぜ急に、こんなに恥ずかしくなってしまったのだろう。まともに彼を見ることができない。

羞恥に焼かれて焦げてしまいそう。

あまりにもあからさまに視線を逸らしたせいで、もう顔を上げられない。信じられない。失礼すぎる。

私は不自然に顔を背けた状態のまま、苦し紛れに尋ねた。

「ベ……ベルリフォート様はどうしてここに」

「きみの精霊たちが教えてくれたから。きみになにかあったのかと思って来たんだ。約束を破ってしまって、ごめんね」

その言葉に、我に返る。

そうだ。私は、彼と約束をしたはず。

彼は、城内までついてきたいと言ったけれど、私はそれを拒否した。

王城には瘴気が渦巻いていて、ひとがひとたび立ち入ればそのひとはたちまち瘴気に――。

それを思い出して私は、ハッと息を呑む。

彼はさっき、なんて言った？

彼がここを訪れて、一時間？

一時間も彼は、ここにいるの？

「……‼」

私は焦って彼の頬を両手で挟むようにして掴んだ。

彼はその勢いに驚いたようだったけれど、私の意図を察して、苦笑した。

「大丈夫。問題はないよ」

「どうして……！　どうして来てしまったのですか⁉　城内には瘴気が渦巻いています。あれほど、来ないでくださいって言ったのに！」

「うん。ごめん。……許してもらえるとは思わないけど、それでも。……どうしても心配だったんだ、きみが」

「――」

真っ直ぐに私を見つめて、彼は言った。

澄んだ声だった。

嘘偽りなく、本気でそう思っている、とでもいうような。
どうして、と思う。
彼は今後、国を率いる王となる。
王になる者として、安易に身を危険に晒すなど、言語道断だ。
そう言って、注意しなければならないのに。
それなのに。
どうしてだろう。
どうしたことか。
私は、彼の言葉を嬉しい、と思ってしまった。
「……結界は、もうすぐ張り直されます」
だから私は、彼の顔から手を離した。
彼を責めるより、先に成すべきことがあると思ったから。
そして、その時、私は自身がなにかを握っていることに、気が付いた。
「――」
それは、種だった。
私が生み出した、愛の花。薔薇の種。
私は、正しく聖女の力を行使したのだ。

私は――ほんとうに。

彼を好きなのだろう。既に気付いていた感情ではあったが、こうやって形で表されるのは気恥ずかしい。

私はその感情をごまかすように、土をかいた。

隣で、不思議そうに彼が私の手元を見つめる。

「それは？」

「薔薇の種です」

「……フェランドゥールを表す国の花、だね」

彼の言葉に私もまた、頷いて答えた。

「女神の誕生とともに生まれた、愛の花でもあります。……この種を作るには、ひとつだけ必要なものがありました。それがなにか、わかりますか？」

ちらりと視線を向けると、私の質問にベルリフォート様は難しい顔をする。

だから私は、彼が答えを出すより先に、答えた。

「それは、ひとを愛する心、だそうです。……ベルリフォート様。私はあなたが……好きです。大好きです」

彼が驚いた顔をする。彼のそんな顔を見たのは初めてだ。

やがて、彼の頬がじわじわと赤く染まる。

「ちょっと……待って」

彼が、掠れた声で言った。私に負けず劣らず顔を赤くしたベルリフォート様は、隠すように手で口元を覆った。だけど、目元が赤いのはそのままだ。

ふと気が付くと、頭上に渦巻いていた黒い靄は溶けるように消えていた。

きらきらとした太陽の日差しが、柔らかく私たちに降り注いだ。

第七章　宣戦布告

結界を張り直してから半年が経過し、フェランドールにも本格的な冬が訪れる。

あれから——彼に、想いを告げてから。私たちは恋人という関係になった。まだ、情勢が混乱しているので婚約者として正式に発表できないが、互いに想いを交わす者として、彼とともにいる。

《今回は城の結界だけだったからこれで済んだけど、神殿の結界まで失われていたら大変なことになっていたわ》

ルクレが私の肩に乗りながらそう言った。

私は今日も、王城に通っては花園に祈りを捧げている。まだ花たちは芽しか出ていないけれど、これを続ければいずれ花が咲くと——そう、信じている。

私は祈りの手を一旦緩めて、ルクレに尋ねた。

「大変なこと……。これ以上に？」

《そうだぜっ。今回は、瘴気が蔓延しただけで済んだだろー？　でも、各地の結界まで壊されたら魔獣とか人間を操る毒煙とかも出てきちまう。あれはひどいぜー？　俺様、思い出したくもないよー……》

答えたのはビビだ。

精霊たちが死ぬことはない。

彼らは、一千年前から国とともに在る。だからこそ、結界が壊れたらどうなるか、そもそもどのような経緯で結界が作られたかもまた、知っているのだろう。

彼らの言葉通りなら、瘴気が蔓延するのはまだまし、ということである。魔獣や、未知の毒煙まで現れ始めたら、いよいよ手に負えなくなっていた。

その前に、結界を張り直せてよかったと、切に思う。

私はそっと、青い空を見上げた。

結界を張り直してから、私もベルリフォート様も非常に忙しくなった。

まず彼は、簡易的に戴冠式を行い、王位を確かなものにすると地方に散った臣下たちを呼び戻し、さらには自身が率いる派閥を議会に引き込んだ。

そして私は、瘴気に蝕まれたひとの治療と、結界維持のため、城内で祈りを捧げる日々を送った。

瘴気が消えうせた天上は、ようやく雲と太陽が見えるようになった。雲の隙間から、太陽の日差しが降り注ぐ。

「聖女様！　ここにいらっしゃったのですね」

声をかけられて振り向くと、メイド服に身を包んだ女性が数名いた。

それで、時間が来たことを知る。

「お時間です。間もなく諸侯会議が始まりますわ」

「ありがとう。すぐ行くわ」

あれから、城内にはふたたびひとが戻るようになった。

各地に避難していた大臣や、近くの別荘に移動していた宰相も戻ってきて、ようやく国が正常に動きつつある。この混乱の時期に、他国から侵攻を受けなかったのは不幸中の幸いだ。

もし、統率者の定まらないフェランドゥールが周辺国から攻め入られでもしたら、きっとひと溜まりもなかった。

隣国のタザールとは、互いに不可侵の同盟を結んでいるとはいえ、それが破られる可能性だって大いにあるのだ。

私は、半年経て伸びたラベンダー色の髪を背中にはらった。

ばっさりと切ってしまったけれど、また、以前の長さまで伸ばすつもりだ。

私は、フェランドゥールの【聖女】なのだから。

メイドに案内されて向かった先には、何人か知った顔があったが、そのほとんどが知らないひとだった。

ベルリフォート様が新たに議会に引き込んだひとたちらしい。

みな、前国王シドゥンゲリアに見切りをつけ、それぞれ領地にこもっていたひとたちだ。べルリフォート様は内乱を起こすにあたり、彼らと協力関係を結んだようだった。

その中で、初老の男性が私に深く頭を下げた。

社交界でも、もっとも曲者だと言われるリンゲル伯爵だ。

彼は、社交界を揺るがすほどの発言力と影響力を持ち合わせながら、長らく政には関与してこなかった。その彼が、ベルリフォート様を支持すると表明した。それは、ベルリフォート様の政権を確かなものにする一手となったはずだ。

「聖女様、本日のお勤めはいかがでしたか」

対面に座る大臣のひとりが話しかけてくる。

彼の顔は知っていたが、前国王シドゥンゲリアが政の指揮を執っていた時は、あまり登城していなかった。彼も彼なりに、前国王に思うところがあったのだろう。

だからこそ、ベルリフォート様は彼に議会の席を残した。

私は控えめに頷いてみせる。

「まだまだ、花を咲かせるまで時間がかかると思います。ですが、必ず、以前のような華やかさを花園に取り戻したいと思っています」

最初、私にも議会の席が与えられると聞いた時は、とても驚いた。

だけど、彼の説明を受けて納得した。

『これは議会で決まったことなんだ。最初に言い出したのはリンゲル伯爵だが、全員が賛成した。……きみが聖女としての力を振るうところを、彼らは見ているからね』

おそらくベルリフォート様は、私が王城を出る際に精霊たちが放った、大魔法のことを言っているのだろう。あの天変地異を目の当たりにしたのなら、聖女は敵に回すものではないと考えるのも当然のことのように思えた。

もっとも、あれは私の力ではなく、精霊たちによるものなのだけれど。

『それに彼らも、今回の件で骨身に染みたらしい。武力には武力を持って対抗できるが、未知の脅威にはまるで手も足も出ない。人間は、逃げ惑うだけだ。だからこそ、きみという存在が必要になる。……きみの議会参加は、きみを逃がさない、という意味もある』

彼に言われて、断る理由などなかった。

議会にはシドゥンゲリアが即位して政務が滞り始めた頃から何度か顔を出していたが、【聖女】という立場にしかない私にできることなど限られていた。

私のような小娘がなにを為せるのか、なにをできるのかはまだわからない。でも、やってみないとわからないこともたくさんあるはずだ。

なにか、きっとできることがあるはず。今度こそ、聖女だからこそできることをしたい。

私がベルリフォート様から議会参席の話をもたらされた時のことを思い出していると、議会室の扉が開かれた。

参席している貴族たちがみな腰を上げる。

それで、誰が入室したのかを私は悟った。

私もまた、椅子から立ち上がり、淑女の礼《カーテシー》を取る。

部屋に入ってきたのは、ベルリフォート……新国王陛下だった。

短期間に二回の代替わりが起きたのだ。国民はさぞ困惑するだろうと思いこっそり城下町に下りてみると、意外にも彼らはベルリフォート国王陛下の即位を受け入れていた。

むしろ、前国王シドゥンゲリアの代が終わったことを喜んでいるように感じられる節もあった。

「いい。楽にしてくれ」

頭を下げる貴族たちに、ベルリフォート様が声をかける。それでみな、思い思いに腰を下ろし始めた。

私もまた、着座する。

ベルリフォート様の席は、私の斜め向かいの上座。王としてもっともふさわしい席だ。

彼が座る際、ふと、互いの視線が交わる。

ほんの一瞬、彼が微笑んだ。

注意して見ていなければわからないほどの些細な変化だ。でも、私は気が付いた。

「…………」

たったそれだけのことなのに、彼がわずかに柔らかな瞳で私を見つめただけで、妙に心臓が騒ぐ。
表情を取り繕うのは得意だったはずなのに、今、私はなんでもないような顔を作るのに苦労している。
《ひゅう！　らっぶらぶ〜！》
《ビビ！　こういうのはそっとしておくべきなのよ。なんであんたはそう、女心がわからないの。スカポンタン！》
《す、スカ……!?　なんだそりゃ！》
《五百二十三年前の聖女が言ってた言葉よ！　おばかって意味！》
《!?　おっ、俺様ばかじゃねぇし〜!!》
《ばかよ、ばーーか!!》
私の背後で、ルクレとビビが言い合いを始めてしまった。
しかし、議会の最中なので止めることもできない。
困った。そう思って、緑と水色の光にそっと視線を向けると、彼女たちは私の意図を察して、ルクレとビビの仲裁に入ってくれる。
《ほら、ルクレもビビも、静かにしなきゃ。ミュライアが困っちゃう》
《喧嘩するなら外行きなさいよ、外》

ジレとネモに諭されて、ふたりは渋々口論をやめたようだった。

それにホッとしたところで、ベルリフォート様が口を開いた。

「では、諸侯会議を始める」

諸侯会議の議題は主に、前王シドゥンゲリアの処遇、今回の瘴気発生から消滅までの経緯報告。他、前王シドゥンゲリアを支持していた家の今後に関して、など、様々だ。

一回の会議で話がまとまることはほとんどなく、毎回なにかしらの議題で紛糾する。前国王シドゥンゲリアの処遇もまた、以前から何度も話し合われ、そのたびに揉めている懸案事項のひとつだった。

「前回の諸侯会議で、リンゲル伯爵ならびに他十名から、前国王、シドゥンゲリアは処刑すべき、という意見が上がった。反対意見として、処刑はあまりにも乱暴だ、というものも。フェランドゥールは長く王政を敷いている。王家の人間を処刑する、ということがきみたち臣下に多大な衝撃を与えるのは、私もまた理解している」

ベルリフォート様はそう前置きをした上で、決定を下した。

「その重大さを理解した上で、前国王であるシドゥンゲリアは処刑。ならびにその関係者、与していた貴族家の降格、あるいは取り潰しを命じる。反対意見のある者がいるなら、聞くが」

「……前国王シドゥンゲリアの処刑に関しましては、私も賛成です」

真っ先に声をあげたのは、リンゲル伯爵だ。

もともと彼はシドゥンゲリアの処刑を推していた。

彼は大きく頷いてみせた後、悩むように自身の髭をなぞった。

「しかし、関係者、与していた家……となると、範囲が曖昧かと思います。また、数多くの人間がいますゆえ、線引きを明確化していただきたく」

「そうだな。伯爵の言う通りだ。関係者、与していた家というのは、どこまでを指すか、また処罰の対象は一親等か、あるいは連座か、それもまた貴公たちの意見が知りたいと思っている」

議会は白熱した。

特に、シドゥンゲリアの強い後ろ盾でもあったエレアント公爵家は取り潰し、あるいは爵位返上させ平民にさせるべきだ、という声があがった。

シドゥンゲリアの恋人でもあったエライザ様は国外追放か、あるいはシドゥンゲリア同様処刑するべきだという意見もあった。

それを聞いて、私は発言した。

「エライザ・エレアントは、公爵による洗脳と、厳しい教育を受けていました。情状酌量の余地があるかと思います」

「そうは言いましても、無罪放免というわけにはいきますまい」

答えたのは、レッサー公爵。

レッサー公爵は、ベルリフォート様の叔父君でもある。

彼の鋭い視線を受けながらも、私はゆっくり、言葉を紡いだ。

「……はい。ですが彼女は、瘴気発生とは、なんの関係もありません。王城の花園を燃やそうとし、精霊たちの怒りを買ったのは、シドゥンゲリアなのですから。ただ、彼女は前王シドゥンゲリアの恋人であったというだけ。恋人であったという理由で、自殺した者の親族と同じような処罰を彼女に科すのはどうなのでしょう。エライザ・エレアントは彼と夫婦ではなく、血の繋がらない他人です」

フェランドゥールの法では、自殺を固く禁じられている。自殺者の死体は市井を引きずり回され、見せしめとされた後、その遺族にもまた、厳しい処罰が下される。

女神教の信者は、自殺を許されていない。

私は、おそらくエライザ様に同情しているのだろう。彼女が知れば、余計なことをするなと怒るかもしれない。

だけど、アマランサスで見た彼女の姿を思い出すと——このまま、死んでしまうのは、あまりにも。

『好きな男にも振られて、嫌いな男に言い寄るだけの人生。なんて惨めで、つまらないの』

彼女の言葉を思い出す。

私は、知ってほしかった。

ただ、憎悪に囚われ、怒りと憎しみだけで生きる日々はきっと、苦しすぎる。だから、すべてから解放されて、なにも考えることなく、彼女には新たな人生を。

そう、新たな人生を、歩んでほしいと、思ったのだ。それは私のわがまま《エゴ》なのだろう。

「フェランドゥールを滅亡の危機に陥れたシドゥンゲリアの罪は、自殺罪より軽い、と？」

レッサー公爵がさらに尋ねる。

私は首を横に振った。

「どちらの罪が軽いか、という話ではありません。お伝えした通り、私は彼女の境遇には同情する点があると思いました。その点を考慮して、彼女の処罰は考えていただきたい、と申し上げたのです」

「……聖女様には、おわかりいただけないかもしれませんがね。その同情が、後から己の首を絞めることもあるのですよ」

「エライザが、後ほど反旗を翻すかもしれないと仰せなのですか？　たったひとりの少女が、どうやって？」

「それはわかりませんがね。しかし、悪どいエレアント公爵家の娘ですよ。やりようならいくらでもある。そして今度こそ、聖女様は命を奪われるかもしれない。そんな可能性を、我々は許してはならないのです。聖女様もご理解いただけているでしょう。フェランドゥールにとって、あなたは失われてはならないおひとだ」

「私もまた、自身の有用性は理解しています。その上で、私は言っているのです。……レッサー公爵。また、議会席にいらっしゃる皆様。私は、ただ守られるだけの、慈しまれるだけの聖女にはなりたくありません。私は、私を守る皆様のためにも、私もまた、フェランドゥールという国を守りたいと願っています」

どこまで、私の言葉は届くだろうか。

所詮、十七の小娘の発言だ。

彼らの心には届かないかもしれない。

それでも、私にできることがあるなら、為したいとそう願う。

なにもできないまま、後悔するのは絶対に嫌だと思った。

だから、私は言葉を尽くす。私の気持ちが、伝わるように。

「私を今、守ってくれるのは、ともにいてくれる精霊たちです。しかし、私は、それで満足していてはいけないのだと思います。私は、私のために、剣や盾を増やしたい。……何者にも害されないような強さを、求めようと思っています」

「それは喜ばしいことですね。私も、聖女様の後ろ盾としてお役に立ちたいと願っております」

リンゲル伯爵がにこやかな顔で頷いてみせる。

彼の心遣いはありがたいが、しかし彼が私を支持してくれるのは、私が【聖女】だからだ。

【聖女】だからではなく、私自身で得た力が欲しい。

「ありがとうございます、リンゲル伯。容易に足元を崩されないだけの盤石な力が必要なのだと、重々理解しております。そして、レッサー公。あなたにはきっと、今の私は頼りない小娘《こむすめ》に見えていることでしょう。それこそ、エライザ・エレアントに害されてしまいかねないほど、脆く見えていらっしゃる」

「そうは言っておりません」

「ええ。あなたは正しく私の心配をしてくださっているだけ。ですから、私はあなたに信頼していただきたい」

「信頼、ですか」

レッサー公爵が、眉を寄せ私を見る。

訝しんでいるような表情だった。

きっと、彼は内心では私への疑心に満ちていることだろう。突拍子もないことを言って、この小娘が、くらいは思っているかもしれない。

王城の最奥にでもこもって守られておけ、と思っているかもしれない。

彼がそう思うのも当然だ。だって、今の私には強さが足りていない。

だから、求めるのだ。

「はい。あなたの信頼を勝ち取れるよう、私もまた精進します。……私なら、問題ない。そうあなたに仰っていただけるように」

「…………」

レッサー公爵はジッと私を見ていたが、やがてぽつりと、思いついたように言った。

「まるで、宣戦布告のようですね」

彼の言葉に、目を丸くする。

そして、すぐに私は笑みを浮かべた。

「……ええ。そうですね。今、私はあなたに宣戦布告しているのですよ、レッサー公」

「それは……楽しみにしております」

レッサー公爵は疲れたように言ったが、先ほどのように噛みついてくる様子はない。

私たちの会話を見守っていたベルリフォート様が、その様子に薄く笑みを浮かべたのが見えた。

まだ、これは手始めに過ぎない。

彼の評価がどう変化するかは、今後の私の行動によるのだから。


諸侯会議が終わり、ふたたび花園に向かっていると回廊で声をかけられた。

声をかけたのは、つい先ほど臣下たちを取りまとめていた——ベルリフォート様。

彼は、私の隣に並ぶと薄く笑みを浮かべた。

「レッサー公はすっかり、毒気を抜かれていたね」

「……言いすぎてしまったような気がします」

今思えば、あのタイミングで言う必要もなかった。あの場は、エレアント公爵家の処遇を話し合っていた場面だったのだ。それなのに私は、話題をかっ攫《さら》い、自身の表明までしてしまった。

まだまだ、学ぶべきことが多いな、とため息をついた。

私の言葉に、彼は顔を上げ、回廊の先の花園に視線を向けた。

「そうかな。僕はよかったと思っているよ」

「そうでしょうか？」

「うん。少なくとも、きみというひとがどういう人間なのか、彼らもわかったはずだ。きみは、偶像の聖女ではなく、今を生きる人間なのだと、彼らは理解した。それは、大きなことだと思っているよ」

「……エライザ様は、どうなるでしょうか」

「きみはまだ、彼女をそう呼ぶんだね」

ベルリフォート様が苦笑する。

私は、彼の隣を歩きながらぎこちなく頷いた。

「……彼女には言ってませんが……初めて、彼女を見た時。私は憧れを抱きました。公爵家のご令嬢。気品と気高さが備わり、何者にも打ち負かされないような強さが、彼女の瞳にはあった」

今思えば、それは彼女が使命を抱いていたからだろう。父から押しつけられたものだとしても、彼女はそれを果たそうとしていた。

公爵家の娘として。その強さが、社交界にデビューしたばかりの私には眩しく見えた。

私もいずれ、彼女のような強さを身につけたいと――そう、思ったのだ。

だからこそ、その後の彼女の言動にはひどくガッカリしたし、同じくらい失望もしたけれど。

「……憧れのひとだったのです。公私混同でしょうか」

「……ひとを裁くのも、またひとだ。ひとが罪を裁くからこそ、情状酌量という言葉が出てくる。完全に感情を排除して決定を下すのは、ひとじゃない。ひとが、ひとらしくあるために、その感情も大切なものだと、僕は思うよ。気持ちに重きを置きすぎるのもよくないけど、それを捨てる必要もまた、ないはずだ」

彼の言葉は、私を諭すようであり、慰めるようだった。

こんな時、思う。

彼に甘やかされている、と。

「ありがとうございます。ベルリフォート様は、優しいですね」

礼を言うと、ぴたりと彼が足を止めた。

不思議に思って顔を上げると、彼はなにか言いたげな顔をしていた。

「…………？」

「僕は、誰にも彼にも優しいわけじゃない」

「は――」

「きみだからだ。……前にも言ったね」

彼が苦笑する。

真っ直ぐそう言われて遅れて意味を理解し、じわじわと頬が熱を持つ。

ごまかしが利かないほどに、顔が赤くなっている気がした。

彼とはまともに会えない日が続き、今も、数週間ぶりの再会だった。

結界を張り直してから私たちは後処理に追われに追われ、落ち着いて話す余裕すらなかった。

時々顔を合わせても話すことは主に、結界や議会に関連する仕事の話ばかり。

仕事の話をしている時は、彼を意識せずに済んだ。それに、彼は多忙で長時間話すこともなく、顔を合わせてもすぐに解散することがほとんどだ。

想いを交わしたばかりの恋人がそんな味気ない生活をするなんて、とジレやネモには言われたが、私にも彼にもやることがあって、それは大切なことだった。

だからそれは構わないのだけれど――。

久しぶりに顔を合わせたためか。それとも、想いが通じて以降初めてゆっくりと話す機会だからか。否応なく彼を意識してしまって、落ち着かない。

思い出してしまう。

結界を張り直した日に、彼に想いを伝えた。

彼はひどく驚いて――それに答えるより先に、呼び出しがかかってしまったのだ。

その後も、落ち着いて話すタイミングがなく、ずいぶん日が空いてしまった。

顔が熱を持っているためか、体全体が熱い。なんだかとんでもなく恥ずかしくて、思わずまつ毛を伏せようとした。その時。

「ミュライア、目を閉じて」

彼に言われて、私は戸惑いながらもベルリフォート様を見る。

その瞳があまりにも真剣で、真っ直ぐに私を射抜いていて。心臓がばくばくと弾んだ。

縋るように彼の服の裾を掴んで、そっと目を閉じた。

暗闇に閉ざされた視界の中で、わずかに、くちびるに柔らかなものが触れた。

「――」

それは、一瞬のことだった。

ゆっくりと、時間がひどく遅く流れているように感じる。まつ毛を持ち上げて彼を見ると、彼もまた、頬をわずかに赤く染めていた。

それで、私は彼と口付けを交わしたことを知る。

「……今」

「あの日、あまりきみと話せなかったから。その後半年もまともに会えなくなるとは思わなかった……。待たせてしまって、ごめんね」

彼が、私の背を軽く引き寄せた。

私の額が、彼の胸元に触れる。

彼のシャツに縫いつけられたミリタリーボタンが、ひんやりと私の頬に触れた。

「きみが好きだよ」

「っ……」

「この世のなによりも。もし、世界が明日終わるのだとしたら——きみとともに死にたい。そう、思うほどには」

彼の指が、私の髪を梳いた。

肩より少し長いくらいに伸びた私の髪はハーフアップにまとめていた。髪には、薔薇の生け花を。聖女らしさを印象づけるために、身に纏っているのは白のマーメイドラインドレスだ。袖口はシフォンで襞を作り、胸元はレースのリボンで結ばれている。清純さと気品を持ち合わせたドレスだった。

私には、大人っぽいデザインのように思えたけれど——少しは、似合っているだろうか。

さっきまでは気にしていなかったことが、急に気になった。

「花の妖精みたいだね、今のきみは」

「は、花の妖精……ですか？」

精霊たちは、今、私の周りにはいない。

ベルリフォート様を見た途端、みなどこかに行ってしまったのだ。

きっと、気を利かせてくれたのだと思う。

顔を上げて彼を見つめると、彼がにっこりと笑った。

「このまま風に連れ去られそうで、少し怖い。……だから、こうして捕まえることにした」

「え？　……あ、きゃあ！」

突然、足元が浮いて驚いて彼に掴まった。

ドレスの裾がとても長く、かかとの高い靴を履いているので抱き上げてくれるのは非常に助かる。これで、転ばずに済むから。

だけど、かなり恥ずかしい。

「お、下ろしてください。歩けます！」

「嫌だ。きみがどこかに行ってしまいそうで怖いって言わなかった？」

「行きませんから……！　ひとの目もありますし……！」

そう。回廊は無人なわけではない。

ベルリフォート様は、王位を継いで国王となったのだ。当然、警備の騎士だっているし、私付きのメイドだって控えている。

そんな彼らに見守られる中、彼に抱き上げられるのは、あまりにもいたたまれない。

恥ずかしすぎて、顔が上げられない。生ぬるい視線を感じる。

「ひとの目がなければいいの？」

「そうです！　……えっ？」

「じゃあ、後にしようかな」

「え？　…………えっ⁉」

そのまま、あっさりすとん、と下ろされる。

地に足をついた感覚を覚えながら、私は戸惑い気味に彼を見上げた。

ひとの目がなければ……？

後に…………？

困惑していると、彼が楽しげな瞳をして言った。

「それじゃあ、また後でね。ミュライア」

「…………」

呆然とする私を残して、ベルリフォート様は歩いていってしまった。

その彼を追いかけるようにして従僕が走り、彼になにか報告をしている。それにベルリフォート様は返事をすると、そのまま回廊の向こうに消えてしまう。

（今……後で、って言った？）

ひとの目がなければ、ということは、つまり。

（後で部屋を訪ねる……ということ？）

いや、そんなばかな。ベルリフォート様が、あの彼が、結婚前の女性の部屋を訪ねるなんて……。そう思ったが、彼の言葉はどう聞いても。

「…………」

私は一度、考えることをやめた。

そうだ。花園で祈りを捧げよう。

ぐるぐる考えるよりもずっと有益だ。


夕食後、日課の自習をしていると扉が叩かれた。控えていたメイドが取り次ぎ、彼女は困惑した顔で私を見た。

「…………？」

不思議に思っていると、彼女が言った。

「国王陛下がいらっしゃっております……。お通ししますか？」

「え――。あ」

花園で祈りを捧げ、諸侯会議の内容をまとめて、昼の出来事をすっかり忘れていた。

私は開いていた歴史書を閉じると、席を立った。夕食を摂ってすぐなので、まだそんなに遅い時間ではない。

それでも、ひとを訪ねるには向かない時間帯だ。

椅子の背にかけていたショールを手に取って肩にかけると、私は扉に向かった。

そこには、お昼に会ったばかりのひとがいた。

彼もあとは就寝するだけなのか、いつもの正装ではなく、シャツにトラウザー、その上に紺のシュールコーを羽織っている。

彼は私に気が付くと、にっこりと笑った。

「ベル……。陛下」

人前なので言い直すと、彼はちらりと私を見てから、廊下に視線を移した。

「少し、話したいことがあるんだ。今、出られるかな」

「話、ですか？」

「うん。忙しかったら、日を改めるよ」

「それは大丈夫ですが……どちらに？」

扉を閉めると、彼がまた、楽しげな瞳を私に向けた。どきりとする。彼の、こういう――いたずらっぽい瞳は、あまり見ないから。

「着くまで秘密」

第八章　先に切り捨てたのはどちら

そのまま彼に先導されて向かった先は、彼の私室だった。つまり、国王の私室だ。

扉を守る近衛騎士に頭を下げる。

近衛騎士もまた、その大半が職を解かれたという。もともと、近衛騎士は貴族の名誉職のようなもので、その名の通り機能していたものではない。ここ数百年、フェランドゥールは戦火に見舞われたことがなかったのもあり、形骸化してしまったのだろう。

ベルリフォート様は、即位すると同時に騎士団にも手を入れた。もともと、彼は騎士団に所属していた。

だからこそ、為すべきことがわかっていたのか、各所と連携を取り、名ばかりの騎士の任を解くと、代わりに城下町を警備していた兵を近衛騎士に取り立てた。瘴気騒ぎがあってなお、城下町を守っていたひとたちだ。

確かに、彼らは誰よりも騎士の名を戴くにふさわしいと思った。

私室に入ると、彼がメイドを呼び、お茶の用意をさせた。

スクエアテーブルを挟み、彼の対面のカウチに座る。

ほどなくして、メイドがワゴンを押して入室した。ハーブの香りと、ベリーの甘い香りが漂う。

メイドが茶器を配膳し、カップにお茶を注ぐ。準備が整い、メイドが壁際に控えたところで、彼が話を切り出した。

「兄の処刑日が決まった」

「……！」

ベルリフォート様は、足を組んで、カップの水面に視線を落としながら話し始めた。

「一週間後の、正午だ。見届け人は僕が請け負うことになった」

「……陛下が」

「これでも、血の繋がった兄弟だからね。兄の不始末の行く末を見届ける義務がある」

ベルリフォート様は落ち着いた声で言った。

彼は今、なにを思っているのだろう。私もまた、努めて静かに彼に尋ねた。

「シドゥンゲリア前国王は、お母君が隣国タザールの王女殿下であったと聞きます。タザールから介入があるのでは？」

「どうだろう。タザールも、フェランドゥールの異変は既に知っているだろうから、しばらくは静観するんじゃないかな。なにかしら抗議の文は来るかもしれないが、実際に動くことはないと思うよ」

「では、タザールが静観している間に情勢を安定させなければなりませんね。付け入る隙をなくさなければ」

「そうだね」

「べ……」

私が彼を呼びかけようとした声と、彼の言葉が被った。

「――きみの両親について、なんだけど」

彼にしては珍しい、歯切れの悪い声だった。

意外な話を持ち出され、私は目を丸くする。両親。それは、マティンソン子爵夫妻のことを言っているのだろう。

彼らは王城が異変に包まれたと知ってすぐ、国を出た。確か、タザールに持つツテを頼ったと聞いている。

彼らがどうしたのだろうか。

なにか仕出かしたのかと不安に思っていると、彼が静かに話を切り出した。

「フェランドゥールとタザールの国境関所に、きみを連れてこいって言ってる」

「…………私をですか!?」

驚いて、素っ頓狂な声が出た。

私の言葉に、彼はため息交じりに頷いた。

くしゃり、と前髪を乱す。

「そう。タザールでなにかあったのか、一文なしみたいでね。娘が聖女だからすぐにでも呼び出せと、騒ぎ立てているらしい。……どうする？」

どくり、と心臓が音を立てた。どうする、とは。

私は、血の繋がった両親のあまりにも情けない行動に頭が痛いやら、恥ずかしいやらで絶句した。

「……申し訳ありません。母と父がご迷惑をおかけして」

「きみが謝る必要はない。事実だけ見るなら、マティンソン家は聖女の生家だ。王家としても、あまり無下にできる相手ではない。ただでさえ、王家にはシドゥンゲリアの例があるからね。ふたたび聖女に対して礼を欠く行為は避けたいと思っている」

なるほど。だから、彼は私の意見を聞いているのか。王家の者として、フェランドゥールの王として、彼はマティンソン家を切り離せない。

だけど、私がマティンソンの家をどう思っているのか、彼は知ろうと思ったのだろう。その上で、選択すると。そう言っている。

彼の気遣いが柔らかく胸に流れ込んでくる。

尋ねてくれる彼の優しさを、嬉しいと思った。

だから、私が動くべきだ。

彼に任せるのではなく、私が。

あの日、シドゥンゲリア前国王に断罪を受けて、髪を切ったと同時にマティンソンの家は捨てた。

だからもう、私とあの家に関係はない。

それを、伝えるためにも、私が言うべきだ。

「……国境の関所には、私が行きます」

「ミュライアが？」

「彼らは、陛下の治世において毒になるでしょう。私という駒を使い、権力を振りかざし、傲慢に振る舞う……。今までが、そうであったように」

彼は、私の言葉でマティンソンの処遇を思い出したのだろう。聖女が生まれてから、マティンソンの家は急に羽振りがよくなった。それはそうだ。聖女の家、というだけで、それは公爵家に匹敵するほどの力を持つものなのだから。

ベルリフォート様が言ったように、それは王家も無視できない。

「別れを告げてまいります。過去と、決別するために」

ベルリフォート様のために。私のために。

彼は、そんな私に困ったように笑った。

「……参ったな。僕は、きみを城《ここ》から出すためにこの話をしたんじゃなかったんだけど」

「ですが、陛下がマティンソンの家を切り捨てたとなれば、それは悪い噂にも繋がってしまいます。特に……今は、国民が敏感になっておりますので」

聖女を追放したがゆえに、王城は瘴気に呑まれた。国民の意識はおよそ、そんなところだ。そんな状況の今、彼が聖女の生家を切り捨てたとなれば、反感を招くことだろう。だからこそ、私が、自ら話をつける必要があると思った。

「それじゃあ、マティンソン子爵夫妻を城に呼ぼう」

「――え？」

「それならきみが国境まで出向かなくて済む。それに、国境は、つまりタザールにもっとも近い。きみがタザールに攫われでもしたら、今度こそフェランドゥールは滅亡の危機だ」

彼は冗談交じりに言ったが、その可能性は十分にあると思った。私は、よくも悪くもフェランドゥールの心臓だ。失われれば、フェランドゥールの結界は弱まり、そしていずれ、瘴気が。そして、魔獣が、毒煙が、蔓延するようになる。ひとびとは多くが命を奪われ、国そのものが滅亡の危機に陥るだろう。

私は、彼の提案に頷いて答えた。

「よかった。次に、エライザ・エレアントの処遇なんだけどね」

「……はい」

彼女の名前に、手をギュッと握った。

シドゥンゲリアの恋人だったことから、彼女が処刑される可能性は、十分にある。

彼女が、異国の血を引く王族ならまだ、その国に引き取られる余地はあるが、エライザ様は、この国に生まれた貴族だ。

過去の歴史を紐解いても、こういった場合は高確率で処刑されている。

「……レッサー公があの後僕を訪ねてきた。エライザ・エレアントは家名剥奪の上、身分を平民にし、その上で生涯修道院に幽閉とするのであれば、とのことだ。さらに、彼女がその提案に従わなかった場合は、その限りではない、と」

……つまり、レッサー公は、少しでもエライザ様から叛意《はんい》を感じるのであれば、すぐにでも処刑にするべきだ、と言っているのか。

それと同時に、彼が処刑以外の選択肢を持ち出してきたことにも驚いた。

「彼女の身分を考えると、格段の配慮だと思うよ。最初、なにを言っても処刑しか認めなかったレッサー公がそれ以外の選択肢を自分から提示したんだ。……彼の考えを変えたのは、きみだと思う」

「……ですが私は、昼に、少ししかお話ししていません」

「あの短時間で、彼は考えを改めたということだ。……きみの言葉を借りるなら、きみを信じてみてもいい、と思ったんじゃないかな」

「…………」

彼の言葉に、私は目を見開いた。

『あなたの信頼を勝ち取れるよう、私もまた精進します。……私なら、問題ない。そうあなたに仰っていただけるように』

それは、今後の私の行動で彼に示すつもりだった。だけど、あの短時間でほんの少しでも、私という人間を見てくれる気になったのだろうか。

それは信頼、ではなく、疑心を含んだ期待かもしれない。それでも、それを無駄にしたくはない。

彼に名を呼ばれた。

「ミュライア」

「はい？」

ベルリフォート様が、腰を上げて、向かいの私のもとまで歩いてくる。

そして、私の隣に座ると、彼が笑いかけた。

「きみにお願いがあるんだ」

「……お願い、ですか？」

首を傾げると、彼がまた、笑う。

いたずらっぽく。少年のような輝きを持った瞳で見られると、途端、私は落ち着きがなくなる。

彼は、自身の髪の先を摘み、それを持ち上げた。

「髪を切ろうと思うんだ」

「……は、き、切るのですか？」

「うん。もともとこれは──僕が、死人とされてから、決意表明として伸ばしていたようなものだ」

確かに、記憶にあるベルリフォート様は短髪だった。髪も、襟足くらいまでしか伸びていなかった。

「国を立て直すまで。僕が王位を兄から奪い取り──国に安寧を運ぶまで、死ぬわけにはいかない、と思った。……きみの名誉を、貶めたままにはしないと、誓った」

「それ、は……果たされましたか？」

答えをわかっていて、彼に尋ねた。

私の問いに、ベルリフォート様が瞳を細めて笑った。

「叶えたよ。……いや、叶えてもらった、と言った方が正しいかな。僕の望みを叶えてくれたのは──きみだよ。ミュライア」

だから、と彼は言葉を続けた。

「きみに髪を切ってほしい。新たな誓いを、立てたい」

彼は立ち上がって、ライティングデスクまで向かうと引き出しから鋏を取り出した。そして、その持ち手を私に差し出した。

「今度は、きみに祝福を。きみに幸せを運ぶ、という誓いだよ」

「それならもう……叶えられています」

「ほんとうに？　幸福には、際限がないものだ」

「それでは、陛下の望みはいつまで経っても果たされないままになってしまいますよ」

苦笑しながら、私は彼から鋏を受け取った。

「では、私も誓いを立てます。……あなたを、このフェランドゥールを守りきる、という誓いです」

私の言葉に、彼が少し驚いたような顔をした。

それから、困ったように笑みを浮かべる。

「……参った。きみの方がよほど男らしい。完敗だ」

「なにを仰っているのですか」

笑って、私は席を立った。

メイドから薄手のタオルを一枚もらい、ベルリフォート様の後ろに回る。

長い髪を後ろに流し、彼の髪をひとつに束ねた。

髪の下にメイドから受け取ったタオルをかける。

彼の髪は驚くほどにサラサラで、少し複雑な気持ちになる。私も、髪は長かったが、ここまでサラサラではなかったように思う。毎日どのようにして手入れをしていたのか、後で聞いてみようと思った。

「で、ではいきます！」

ひとの髪を切るなど、当然ながら初めてのことだ。緊張が隠せない。

硬い私の声に、彼が笑うのがわかった。

「他人事みたいに笑ってますけど！　失敗したら大変なことになるのはベルリフォート様ですよ⁉」

私が言うと、彼は未だにくつくつと笑いながらこちらを見た。

「きみが切ってくれるならどんなものでも構わないよ」

彼はきっと、本心からそう言っている。

だからこそ、私は緊張するのだ。責任重大だ、とふたたび気を引きしめる。

国王の髪がおかしなことになった、など大惨事だ。

「……いきます。う、動かないでくださいね！」

「わかりました、お姫様」

彼が答えて、私はようやく彼の髪に鋏を入れる。

それはまるで、神聖な儀式のようにも思えた。落ち着かない。

鋏を動かすたびに、白金の髪がはらはらと落ちた。

シャキ、シャキ、と髪を切る金属音だけが響く。静かな室内で、彼がゆっくりと言った。

「きみはさっき、いつまでも果たされない誓いだ、と言ったけど。僕の誓いは果たされるよ」

「……果たされるのですか？」

尋ねると、彼が答えた。

「僕が死ぬ時には、きっとわかる。誓いが成されたのか、成されなかったのか」

「………それは、ずいぶん熱の入ったプロポーズ、ですね？」

これは、求婚と受け取って構わないだろう。

動揺に気付かれないように、ゆっくり息を吐いて、鋏を動かした。シャキ、という軽い音が鳴るたびに、彼の髪が落ちてゆく。

静かで、落ち着いた時間だった。

「そうだよ。これは誓いで……僕の使命だ。死ぬまでに、果たせるといいのだけど」

「もう十分、陛下の誓いは果たされているように思いますが……」

「まだまだだ。僕は満足していないな」

「目標が高いのですね」

また鋏を入れる。

あっという間に、白金の髪は切り落とされていった。それは、呆気ないほどに。

顎のあたりで切って、先を整える。頭が軽くなったのだろう。彼が軽く頭を動かした。

「違うよ。これは僕のわがままだ」

彼がそう言った時、ようやく髪を切り終わった。

首にかけていたタオルを取って、彼を見る。顎のあたりで髪を切り揃えた彼は、少し幼く見えた。

「いかがですか？」

尋ねると、彼は軽く頭を振って、そして感想を口にした。

「うーん、頭が軽い」

「よくお似合いですよ。鏡をお持ちしましょうか？」

「そうだね。お願いしようかな」

メイドに手鏡を取ってもらい、彼に差し出す。

彼は、鏡に映り込んだ自分を見て、意外そうな声を出した。

「この長さで切ったのは初めてだ」

「切りすぎると失敗してしまいそうで怖くて……」

切りすぎてしまった場合の失敗は取り返しがつかないが、これくらい長さがあれば、失敗してもごまかしが利く。

そう考えてのことだったが、私の言葉を聞いた彼は吹き出した。

「確かに失敗は怖いね。臣下たちはどう反応するかな」

「…………触れないかと思います。レッサー公は、尋ねそうですが」

レッサー公爵は、ベルリフォート様の叔父君にあたる。彼なら、公の場でないところで尋ねるくらいはするだろう。

そして、私が髪を切り、さらには失敗したと知ったら私は彼に叱責されるだろう、と思った。

それを考えると、やはり顎のあたりで切り揃えてよかった。

失敗しなくてよかった。ホッと胸を撫で下ろしていると、彼が未だ笑いを収められないまま、私を見た。

「そうだね。あのひとなら聞いてきそうだ。……ありがとう。ミュライア、僕のわがままを叶えてくれて」

「これくらい、おやすいご用です」

胸を叩いてみせると、また彼が笑う。

ベルリフォート様は、いつも笑みを浮かべているような方だけれど、こんなに笑っているところは初めて見たような気がした。

そうして、夜は更けていった。

それから二十日が経過して、マティンソン子爵夫妻、つまり私の両親が王城に到着したと報告を受けた。

私が応接間へと向かうと、そこには、既に寛いだ様子の両親がいた。

メイドに運ばせたのか、アフターヌーンスタンドの他に、豪勢な料理もある。

まだ食事の時間には早いと思うのだが、無理を言って作らせたのだろうか。既に、頭が痛い。

「あらぁ、ミュライア！　元気そうでなによりだわぁ」

しゃなりしゃなりと、体の大きさとは裏腹にするする擦り寄ってくるのは、私の母であるマティンソン子爵夫人。

父である子爵は、まるで城の主かのようにどっしりとカウチにもたれかかり、寛いでいる。

「ねえ、ミュライア。あなたが国王陛下の婚約者ってほんとう？　そりゃあそうよねぇ。だって、あなたがいないとフェランドゥールは滅びてしまうんでしょ？」

《うー……。出た、このオバサン。俺様この人間苦手なんだよなぁ》

《相変わらず肥えた豚のような姿をしているのね。まるまる太って、今が食べ頃よ》

ビビとルクレがそれぞれ久しぶりの両親について感想を口にする。

母は、宝石をたくさん縫いつけたドレスをじゃらじゃらと揺らし、私の手を引いた。力が強すぎて、痛い。

「さあさあ！　ミュライアも食べましょう？　お城の人間に用意させたの。まったく、気が利かないんだから。私たちを誰だと思っているのかしらねぇ？　聖女様の両親なのよ、両親！　私たちがいなければ聖女は生まれなかったっていうのに、まったく配慮が足りないわぁ」

もし私が生まれていなかったとしても、必ず聖女は生まれていた。

聖女は、必要とされる時に必ず現れると言われている。

母にカウチに連れていかれそうになり、私は意を決して、その手を振り払った。

「きゃっ⁉」

彼女が、悲鳴をあげた。

そして、驚愕に目を見開いた。

心臓が、ばくばくと音を立てている。ずっと、母に叱られるのが怖かった。

聖女として、ふさわしくいなさいと責められるたびに、聖女としての在り方がわからなくなった。

だけど、今、はっきりと断言できる。

聖女という肩書きを傘に着て、傍若無人に生きることは、聖女らしい在り方ではない。

少なくとも、私はそう生きたいとは思わない。

「今日は、お話があってお呼びしました」

「な、なによ……。なに、するのよ‼ 今、お前はなにをしたの⁉ ふ、振り払ったの⁉ 私の、手を‼」

母が、金切り声をあげる。

どうして、私の周りには大声をあげて威嚇する人間しかいないのだろう。どうして、冷静に話そうと努めないのだろうか。

ベルリフォート様の静かで落ち着いた声を聞きたいと思った。

「まあまあ、落ち着きなさい。ミュライア、お前の話を聞こうじゃないか」

父は、肉のついた手で、でっぷりと太り輪郭を失った顎を撫で回した。醜悪だ。

そして、その醜悪な環境こそが、私の育った場所だった。

「お父様、お母様。私を産んでくださったこと、育ててくださったこと、感謝しております。……ですが」

だけど、それだけだ。

それ以外のことで、このひとたちに感謝した覚えなんて一度もない。

「あなたたちの態度は、目にあまります。少なくとも、聖女の両親としてふさわしくない」

「な、なんですって……」

「なにを……」

ふたりが、困惑した声を出す。

気が付かないのだろうか。彼らを見るメイドや従僕たちの目がひどく冷たいことを。

軽蔑した視線を投げられていることを、彼らは気が付かないのだろうか。

「『聖女として、ふさわしく在れ』。それは、お母様たちの言葉だったかと思います」

「そ、そうよ……。だから私は」

「だから私は、聖女という立場から判断した時――その名を汚すような振る舞いをするあなたたちと、縁を切りたいと思いました」

「なに言ってるの……。ミュライア、落ち着きなさい」

「私はこれ以上なく落ち着いています。……今まで、こうしてはっきりと決別できなかったこと。それは、私の誤ちです。私は聖女として、あなたたちに言うべきだった。正しく、聖女として在るのであれば」

彼らは、言葉も出ないようだった。

それも、当然だろう。

今まで私は、彼らに指摘することはあれど、ここまではっきりと言うことはなかった。縁を切る。それは、彼らにとって思いもしない言葉だったのだろう。

みるみるうちに、母の顔が青ざめ、必死の形相で私に掴みかかってきた。

「痛……！」

「なにを言っているの⁉　お前、誰かになにか吹き込まれたのね‼　新しい国王陛下かしら。まったく、この国が再起したのはミュライアのおかげだというのに、砂をかけるようなことをするのね！　言いなさい、なにを言われたの‼」

「お母様、離し——」

「ミュライア、お前は間違っている。お前は聖女なのだから、その恩恵を受けるのは当然のことなんだ！　お前がいるからこそ、この国は存在するんだ！　そうだろう‼」

右から左から、腕や肩を掴まれ、もみくちゃにされてうまく呼吸ができない。彼らに挟まれるようにされて、窒息しそうだった。

見かねた騎士が引き剥がそうと近寄ってくるのを、目の端で捉える。

その時、後ろからぐいと腰を引き寄せられた。

「わっ⁉　あっ！　きゃ！」

後ろに引っ張られたために、バランスを崩し、たたらを踏む。テンポよく驚きの声をあげた私は、誰かにすっぽりと抱きとめられた。

視界の端に赤の布地がひらめくのが見える。

騎士は、私の背後の人間を見て、足を止めていた。

それで、相手が誰かを知った。

「こ、国王陛下……」

両親たちも気が付かなかったのだろう。

突然現れたベルリフォート様に、目を見張っているようだ。

私は、彼に抱きとめられながら顔を上げた。

ベルリフォート様は、いつものように静かに、落ち着いた瞳で両親を見ていた。

「……マティンソン子爵夫妻が登城すると聞いたから、顔を見に来たのだが……これはいったい、なんの騒ぎだ？」

「陛下。ミュライアは洗脳を受けているのですわ！　聖女として、この子は大変国に尽くしているというのに、わずかな贅沢すら許されていないというではありませんか‼」

すぐさま、母が噛みついた。

「な――洗脳など、受けていません！　それは陛下への侮辱に値します！」

「そら見なさい！　それが証拠よ！」

母は、唾を飛ばす勢いでまくし立てる。

もう、なにも言わないでほしかった。

家の恥どころではない。

私がふたたび口を開こうとしたところで、とんとん、とベルリフォート様に肩を叩かれた。

ハッとして彼を見ると、彼がちいさく頷いた。

「先の話だが、多少聞こえていた。彼女は、あなた方と縁を切りたいと話していたと思うが」

「ですからそれこそが洗脳だと言っているのです‼」

「話にならないな。あなたたちは、都合の悪いことすべてが洗脳だと言うんじゃないか？」

「そんなことは……‼」

顔を真っ赤にし、怒髪天を衝く勢いで怒鳴りたてる母を横目に、ベルリフォート様が騎士に頷いてみせる。それを受けてから、控えていた近衛騎士が、父母を拘束する。

「連れていくように」

「待って、待ってちょうだい‼　離しなさい。離せぇ‼」

「私を誰だと思っている⁉　聖女の父親だぞ‼」

「確かに――フェランドゥールにとって、聖女という存在は失われてはならない、大切な存在だ。だけどそれは、聖女に限った話であって、極論、その両親は必要ない」

ばっさりとベルリフォート様に言われると、父母は言葉をなくしたように顔を青ざめさせた。

震える彼らを前に、ベルリフォート様が騎士にふたたび号令をかけた。

「連れていけ。沙汰は追って下す」

「は、離しなさい……。離しなさいよ！　いいわよ、じゃあこんなところ出てってやるんだから‼」

母はその巨躯を揺らして抵抗していたが、数人の騎士に囲まれて羽交い締めにされて、ようやく諦めた。

「聖女への暴行罪、国王への不敬罪……。罪に問えるのはこの辺りかな。後者は多少、弱いか」

彼が独り言のように呟いた。

私はベルリフォート様を見上げた。

髪を切ったために、顎のあたりで切り揃えた白金の髪が揺れる。彼は、私の視線に気が付くとこちらを見た。

「来るのが遅くなってしまってすまない。前の予定が押してしまったんだ」

「……いらっしゃるとは思っていなかったので、驚きました」

「同席するつもりだったんだよ。きみを信頼していなかったわけじゃない。ただ、きみが心配だったから」

「……先ほどはありがとうございました」

「僕も彼らがきみに飛びかかるとは思わなかった。だけどこれで、マティンソン一家の問題は片付いたんじゃないかな。……きみの憂いは、晴れた？」

彼に尋ねられて、私は目を見開いた。

「マティンソンの問題を私に任せたのは、私のため、ですか」

本来なら、彼ひとりでどうにでもできた問題だが、あえて彼は私の意思を尋ねた。

私が――マティンソンと、縁を切りたがっていると、知っていたから？

そう思って尋ねると、彼が笑って答えた。

「いや？　どちらかというと僕のため。きみが生家をどう思っているのか、知りたかった。……初めて会った時、きみは泣いていたでしょう。行きたくもないのに、王城に行かせられる、と。両親はきみではなく聖女を見ている、と話していた」

「…………」

「今もきみの気持ちは変わらないのか、知りたかっただけだよ」

「母と父のことを切り捨てた私を、非情だと思いますか？」

彼の胸に、背中を預けるようにして尋ねた。

彼は、思案するように言った。

「うーん……。それなら、実の兄を処刑する僕はもっと非情で残虐ということだね」

「……それは」

「仕方ない。綺麗事じゃ世は動かないから。だから、必要なんだよ。自身を失わないだけの、道標が」

さらに、彼は言葉を続けた。

「僕にとっての道標は、きみだよ。ミュライア。きみがいるから、僕は道に迷わずに済んでいる。灯火のない、道のない暗闇でも迷わず進んでいけるんだ」

彼は、私の髪の先に触れた。

あれからまた少しだけ、髪が伸びた。

一年も経てば、すっかりもと通りになるだろう。

「私も……私にとっても、人生の道標はあなたです。私はあなたがいるから安心して戦えるのだと思います」

「ミュライアは、強いね」

「あなたがいるからです。あなたの優しさが私に力をくれる」

答えると、彼のくちびるがこめかみに落ちた。

柔らかな感触に、思わず片目を瞑る。

「じゃあ、僕たちはきっとよい国王と王妃になるね。互いが互いを助ける、相互扶助の関係を築けているのだから」

彼の言葉に、私は息を詰めた。

国王と、王妃。

いずれ、私たちは結婚する。

国を率いる者として、国を守る者として、その頂に立つのだ。

「末永く、よろしくお願いします。陛下」

私が少しばかり笑みを交ぜて言うと、彼も笑って答えた。

「よろしく、僕のお妃様」

第九章　よく似ていて、まったく違う

エライザ様が収監されているのは上級貴族を一時的に拘置する、塔の最上階だった。

延々と続く螺旋階段を上り、彼女を訪ねた。

定期的に聖女の祝福を施しているからか、エライザ様の顔はだいぶよくなったように思う。

それは彼女の精神状態をも向上させたようで、今はあまり精神的に不安定になることはない。

その日も治療を行い、私は彼女に処遇が決まったと話した。

「……修道院？　生涯幽閉？」

彼女は膝の上で手をギュッと握り、それだけ繰り返した。

「はい。……エライザ様」

私は彼女の足元に膝をついた。

そして、彼女の手を取り、口付けを落とす。

彼女に、平穏が訪れますように。女神の加護がありますように、そう祈って。

エライザ様は私の言葉に呆然としていた。

それから少しして、震えた声で言葉を紡ぐ。

「お……おかしいじゃない。私はあなたを貶めて、フェランドゥールを危機に追いやった国賊よ。処刑にならないなんて……」


彼女は、自身の行く末を考えていたのだろう。

私の祝福を得ながら、自身の終わりを考えていたのだろうか。

私は、カウチに手をついて伸び上がると、彼女の額にも口付けを落とした。

完全治癒にはほど遠く、かなり長い時間がかかるだろう、と思った。

彼女が入れられるという修道院は、北方のペシャ海沿いにある。近くには、コスモスの神殿もあるはずだ。東の国や南の国に安易に逃げられないように、ということで北方の修道院が選出されたのだと思う。

彼女は外出時には必ず顔を隠し、室内にいてもなお、包帯で顔を覆っている。

以前の白磁の肌は失われてしまっていた。

「レッサー公のご判断です。正式に諸侯会議で決定しました」

「レッサー？　レッサーって、エレアントの政敵だわ。なら、なおさらなぜ？　エレアントの血なんて根絶やしにした方がいいでしょうに」

「エライザ様」

呼びかけると、彼女は首を横に振った。

頭を抱えて、いやいやをするように。

「やめて。そんな風に呼ばないで。私はもう身分もなければ、後ろ盾もない。なにもない、ただの平民の娘なの。聖女であるあなたに敬われる資格などない」

「エライザ様。私は、あなたに知ってほしいんです」

変わらず、私は彼女を呼びかけた。

彼女は、答えない。

今、エライザ様はなにを考えているのだろうか。

もしかしたら早く処刑され、楽になりたいと思っていたのかもしれない。

人生は、生きるのは、辛すぎるから。

だから、早く死を迎えて楽になりたいと、そう願っていたのかもしれない。

だけどそれは、あまりにも虚しい。

ひとはみな、なんのために生まれてきたかを考えることがあるだろう。

私は聖女だから、この国のために生まれてきたのだと、幼い頃からずっと言われてきた。

だけど、エライザ様は？

彼女はなにを言われ、なにを教えられて育ったのだろう。

それは、きっと。

「世界は、エレアント公爵だけではありません。あなたの世界はきっと、エレアント公爵とシドゥンゲリアのふたりで回っていたのかもしれない。だけど、そんなことはない。もっと、もっと……世界はこんなにも広いのだと、知ってほしいのです」

「……今さら、そんなことを知ってどうするの。惨めで愚かで、どうしようもないっていうのに」

聖女の祝福を与えてから、エライザ様は毒気が抜けたと思う。

いや、もしかしたらもとはこういうひとだったのかもしれない。それを、エレアント公爵が隠し、シドゥンゲリアが圧殺していたのかもしれなかった。

もう、失うものはないと思っているのだろう。存外、彼女は正直に話す。

「今思えば、ベルリフォートをほんとうに好きだったかもわからないの……。ただ、あの時は……シドゥンゲリアよりはましだって。彼の方がいいって……思っただけ」

「………」

彼女のくすんだ金髪は先の方で絡まっていた。それを、指で解く。

エライザ様は、呆然としたように記憶を辿った。

「もしかしたら私は……もうずっと前から、シドゥンゲリアから王位を奪いたかったのかもしれない。シドゥンゲリアは……あいつはね。私のことなんて好きじゃなかった。それはお互い様。あの男の八つ当たりは、いつだって私に向かった。……あの男は、どうしてかあなたをすごく気にしていたわ。……それで、なにかあるといつも」

エライザ様は、遠くを見るような目で静かに語った。

「私が詰《なじ》られるの。いつも比較されてた」

その話は初めて聞いた。

息を詰めて聞いていると、目が合った彼女が、困ったように笑う。

社交界でよく見た、他者をばかにするような笑いでは、ない。

「だから私、あなたが嫌いだった。シドゥンゲリアの怒りは、いつだってあなたが理由だったから。……わかってたわ。あなたを嫌うのはおかしいと。ほんとうにおかしいのは、シドゥンゲリアだって。でも私は……彼に……お父様に、逆らうことができなかったから……。私も、八つ当たりしていたの。似た者同士なのよ。私とシドゥンゲリアは」

「…………」

「今さらもう、人生をやり直すことなんてできないもの。後悔したところで、その後悔を一生引きずって生きていくことしかできない。……とても、苦しいわ。もう、嫌なの。人生というゲームから、早いところドロップアウトしてしまいたい。私は、そんなに強くないから」

エライザ様が、苦笑する。

「私も……あなたみたいに、なれたらよかった。どんな時でも心折れずに、自分の決めたことを突き進むだけの強さが、私も欲しかっ……」

そこで、エライザ様は言葉を詰まらせた。

そのまま、ぽろぽろと涙がこぼれる。

透明な雫は、赤黒い頬を伝って、質素なワンピースを濡らした。

「それでも」

私は、言葉を紡いだ。

私の提案は、私の願いは、きっと自己満足でしかない。

だけどそれでも、彼女には生きていてほしい。いつか、過去を振り返った時、痛い失敗だった、と苦笑いを浮かべる日が訪れるように。今を乗り越えられたら、と思っている。

失敗したら、そこで人生は終わりではない。

ひとは、やり直したいという気持ちがあれば、必ずやり直せるのだ。

少なくとも私はそう信じているし、そうであってほしいと願っている。

気持ちさえ、心さえ、折れなければ。

何度でも、大切なものを見失わなければ先は続いているのだから。

今、彼女は人生のどん底にあると思っているだろう。だけど、エライザ様はまだ二十三。

まだ先は長い。

「私は、エライザ様に生きていてほしいです」

「それは、私への罰？」

「……いいえ。これは、ただの私情です。あなたは、私の憧れのひとだったから。こんな形で、人生に幕を閉じてほしくないと思いました」

初めて彼女を見た時、その堂々とした振る舞いに圧倒された。両親の張りぼてとは違い、自信を裏づける強さが、彼女には具《そな》わっていた。

自分たちがいちばん偉いのだと信じて疑わない私の両親の鍍金が、剥がれるような気がした。

彼女は、初めて会った時から挑発的に私を見ていた。それを見て私は驚いた。

公爵家のご令嬢。私に聖女という肩書きがなければきっと、言葉を交わすこともなかったひと。上流貴族の頂点に位置するひと。

彼女のようなひとになりたい、と思ったのを覚えている。

もっとも、それから彼女には徹底的に嫌みを浴びせられた。さらにはシドゥンゲリアと恋人関係であることを前面に出す彼女に私は辟易とし——うんざりしたけれど。

「……生まれ変わってください。エライザ様。……私の見た、気高く美しいあなたのままであってほしい。他者に操られるのではなく、自分の意思で行動してほしい。王城から北方の修道院までは結構な距離がありますが、会いに行きますから。そこで、あなたの答えを教えてください」

「……意味がわからない。意味がわからないわ……」

エライザ様はぽつり、言葉をこぼした。

それはまるで、迷子の子供のように思えた。心細さと不安が同居しているような、そんな声。

彼女は、今、自身の立ち位置を見失っているのだろう。操り手のエレアント公爵が捕えられ、なにをすべきか、迷っている。

だからこそ、そんな今だから、彼女の意思を聞きたいと思った。

「その意味を、考えるのが今のあなたの仕事です」

「……私は……」

エライザ様が、ぽつり、言った。

その声を聞き漏らさないように彼女を見ていると、彼女はゆっくりと、私に視線を合わせた。

「私は……ばかだったわ。もう何十、何百回と後悔したけど……今の気持ちとは、また少し違うの。……運命を変えたいのであれば、まず私が変わらなければならなかったのにね」

「………」

「私はきっと、どこかで期待していた。誰かが、私を助けてくれる、って。それを……その期待に縋って、無為に日々を過ごしていた。……ミュライア」

「はい」

「あなたは、変なひとね」

「……そう、でしょうか」

困惑すると、エライザ様が薄く笑う。

それは、初めて彼女を見た時のような気品のある笑みだった。ここ最近、目にする諦観交じりのものではない。

「でも、ありがとう。少しだけ、私は……自分を見つめ直すことができた気がする。あなたは、肩書きだけではなく、正しく聖女なのね。ほんとうに変わっていて……優しくて、お人好しで。そんな女が存在するはずないって思っていたし、あなたのそれは結局、偽りなのだと思い込んでいたけど……。そう、ね。あなたの言う通り、きっと私は視野が狭いんだわ」

私はなにも答えなかった。答えられなかった。

彼女が抱いた問いは、彼女自らが答えを出さなければならないと思ったし、私が口をはさむべきではないと思った。

でも、私は決して彼女の言うような善人ではない。私はもっと俗物的で、利己的で、他のひとと変わらない。私は、私のために生きている。

私は自分の感情を優先して生きているただの人間だ。特別な人間なんかではない。

そう思ったけれど、彼女から見た私の姿も、きっと彼女の中では正解だ。

私が定めるものではない。

「……あなたからの宿題、受け取っておくわ」

エライザ様は最後にそう言って、また少し笑った。

シドゥンゲリアの処刑まで、あと三日。

今日、私は彼と話す時間を設けてもらっている。

シドゥンゲリアの牢は、厳重な警備が敷かれていた。ベルリフォート様の指示だろうか。いや、レッサー公爵あたりかな。

そんなことを考えながら、二重扉の内側に入ると、顔中を包帯で覆った男が手首を縛められ、ギラギラとこちらを睨みつけていた。

「面会時間は、三十分です」

監視の近衛騎士がそばに立つ。

シドゥンゲリアは、手首を縛める鉄の輪の先が壁に繋がれていなければ、すぐにでも私に掴みかかってきそうだった。

「お久しぶりです。……シドゥンゲリア様」

「ミュライア……‼　俺が処刑、だと⁉　なんの冗談だ。おい、ふざけるな‼　お前、俺を助けると言っただろう‼」

「……私は、治療を施す条件と申しました。命を助ける、とまでは言っておりません」

それに、たとえ私が彼を助けたいと願っても、フェランドゥールを危機に晒した張本人だ。民衆の怒りは強く、彼を無罪放免とすることはかなり難しい。

彼の父である前々国王陛下が亡くなってから、シドゥンゲリアはまったく政務を行わなかった。決済書類は溜まり、政務も滞っていた。

どうしようもなくなって、私も手伝える部分は手助けしたが、国王の署名がなければどうしようもないことも多かった。

彼は、瘴気の発生だけでなく、他にも、王冠を戴くものとして多大な失態を数々犯しているのだ。取り返しがつかないほどに。

「……私は、ずっと聞きたかった。シドゥンゲリア様。あなたに」

「うるさい！　出ていけ‼」

「あなたは、ずっと私を嫌っていましたね。それは、なぜですか？」

「なぜ⁉　なぜ、だって⁉　今さらそんなことを聞くのか‼」

シドゥンゲリアは急に顔を上げると、ヒステリックに笑い始めた。

「そんなの、決まってる‼　ただ、聖女だというだけで必要以上にチヤホヤされるお前が、疎ましかったんだよ‼　身のほど知らずに俺と、同列とでも考えていたのか⁉　お前の……お前のその目が、嫌いで嫌いで仕方なかった！」

「…………」

「俺をばかにしていたんだろう⁉　ほら、その目だ‼　哀れだとでも思っているような、軽蔑するような……そんな目で、俺を見るな！　俺を責めるなぁああ‼」

シドゥンゲリアは頭を振り回して叫んだ。絶叫だ。床に転がった彼は、そのままカーペットも敷かれていない木の床に頭を擦りつけていた。

「タザールは……母の母国はなにをしている⁉　俺を助けに来るはずだ！　俺に手を出してみろ！　タザールが黙っていない！」

「……タザールからは、なにも連絡はきておりません」

私が答えると、彼が絶望した顔でこちらを見た。

「うわ、うわあああ！」

そのまま絶叫する彼を見て、近衛騎士が私に声をかけた。

「聖女様、そろそろ」

まだ三十分経過していなかったが、彼は興奮しすぎた。

「待て‼　ベルリ……ベルリ、フォートはどうしてる。弟は……」

ボサボサの髪のまま、彼が途切れ途切れに尋ねた。私は、彼を見て静かに答える。

「陛下は、三日後、ここにいらっしゃいます」

「あ、あいつは……あいつが、いけないんだ！　弟の分際で……スペアのくせに……！　たかが、貴族に過ぎない女が母のくせに！　お、俺に楯突いて国王だと？　ふ、ふざけてる……悪夢、これは悪夢だ……」

「シドゥンゲリア様。あなたは」

きっと、彼と私は、よく似ていた。

両親に、聖女なのだからお前はいちばん偉い、と言われ育てられた私と、周囲に、王太子なのだからお前がいちばん偉い、と言われ育てられたシドゥンゲリア。

彼は、気付けなかったのだろう。

肩書きにだけ縋ることが、どんなに虚しいことなのか。虚構の栄誉は、ただの張りぼてだと――彼は、気付かなかった。

私は、ジッとシドゥンゲリアを見つめた。

「王という肩書きを失った今。あなたにはなにがあるのですか。なんの、価値があるのですか」

「――」

私の言葉に、彼が息を呑む。

私の問いかけは、彼に想像以上の衝撃を与えたようだった。

彼への問いは、そのままそっくり私にも返ってきた。

「あなた自身が得たものは、なにがありますか」

「それ……は」

「あなたは、怠った。ひとつの武器で、満足してしまった。それは、いずれ消える泡沫かもしれないのに。あなたには、国民に慕われるだけの人望も、臣下からの忠誠も、なにもない。あなたを助けるものは、今、なにもない」

「う……あああ……！」

苦しげに、シドゥンゲリアが呻く。

「さようなら、シドゥンゲリア様。……本当の意味で、あなたに寄り添うことができず、申し訳ありませんでした」

過去、もし、私が彼に本心でぶつかっていたなら。

保身を捨てて『あなたは王にふさわしくない』と叫び、彼に変わるよう呼びかけていたなら。

彼に歩み寄っていたなら。

……今とは違う未来も、あっただろうか。そんなことを、考えてしまう。


シドゥンゲリアの処刑が執行された日の夜、ベルリフォート様が私の部屋を訪れた。

彼は少し疲れた顔をしていた。

「タザールの王から書簡が届いた」

「……思った以上に早いですね。シドゥンゲリアの件でしょうか」

自主学習の時間を過ごしていた私は、ライティングデスクから移動し、彼とともにカウチに腰かける。メイドが用意したキーモンの香り豊かな紅茶の匂いがする。

茶器が並べられ、キーモンティーが淹れられた。メイドが一礼し、壁側まで下がる。

「タザールの王が、きみに会いたいと言っている」

「私……ですか？」

「そう。おそらく、タザールも気になっているんだろう。フェランドゥールの心臓である、聖女が。未知の力を使うというきみがどういう人間なのか知りたいという思惑もあると思う」

「……シドゥンゲリアについては、なにも書かれていなかったのですか？」

尋ねると、彼が苦笑した。

そのままティーカップに手を伸ばし、口をつける。

「軽くは触れられていたよ。甥孫の失態を深く詫びる――なんて書かれていたけど、実際のところは彼を処刑するに値することだったのか、話を聞いて確かめたいということなのだろうね」

「では、私は責任重大ですね。聖女という存在が、どれほど未知のものであり、人間に不可侵であるかを、かの王に思わせる必要がある、ということでしょう?」

「……きみは、ほんとうに聡いね。その思惑はあったけど、僕はきみに必要以上に頑張ってほしいわけじゃない。ただ、事実をそのまま話してくれればいいよ」

彼が困ったように笑った。

その優しい瞳を見て、私はここ数日強ばっていた心が解けるのを感じた。

シドゥンゲリアは、どうしようもない、それこそ話してもわかり合えない類の人間ではあったけど、それでも長い時をともにした。知った人間が、処刑されたというのは、思った以上に心に蟠りを残す。

私は、彼に尋ねた。

「隣に座ってもいいでしょうか」

まだ、私とベルリフォート様は正式に婚約者という関係ではない。

聖女だから、こうして彼と部屋でお茶をすることは許されているが、それでもあまり近付きすぎるのはよくない。

だけど、今はどうしても——そばに行きたかった。

尋ねると、彼は少し驚いたように目を見開いて、それから薄く微笑んだ。

「今控えているメイドは僕が幼い頃からの付き合いなんだ。口は固いよ」

それはつまり、構わない、ということだろうか。

私はそう受け取って、腰を上げた。

そしてするすると彼に近付くと、その隣に腰を下ろした。自分から近付いたくせに、近くなった距離に落ち着かない。そわそわしていると、彼がにっこり笑って私を見た。

「王家の不祥事や暗い話題が続いたからね。そろそろ、僕たちの婚約を公にしようと思うんだ」

「！」

驚いてベルリフォート様を見る。

彼は、考え込むように顎に手を置いた。

「本格的な冬になる前に、婚約披露パーティは開きたい。式は……来年、あるいは、再来年。調整が必要かな」

「……それは、楽しみです」

「うん、僕も。まだまだフェランドゥールの立て直しは始まったばかりだ。今の不安定な状況を安定させるには、少なくとも数年の月日はかかる。落ち着けるのは、数十年後かな」

彼が苦笑交じりに笑った。

ずいぶん先の話だと思ったが、彼となら、きっとあっという間のような気もした。

「地方には、今回の件で王家への不信感が完全に根付いてしまったし、南部に至っては、革命を企む一派もいる。エレアント公爵家の派閥は一掃したけど、各地で再起を企んでいると聞く。……どこから手をつけるかな」

彼はその後も、いくつか懸念事項を口にした。

その中には、シドゥンゲリアの失策もいくつか、そして一昨年の小麦の不作についても触れられていた。並べていくと、やることはかなり多い。

「私はあまり王城から離れられないのが手痛いですね。……祈りの頻度を落として、各地の神殿を回るのはどうでしょうか」

「…………一応、聞くけど。きみが？　ひとりで？」

ベルリフォート様が訝しげに私を見た。

彼の問いに、私は頷いて答えた。

「はい。……各地に根付いた不信感は、今回の瘴気発生と……聖女追放が決定打となったのではないかと思っています。ですから、私が三つの神殿を周り、姿を見せることで、王家への不信感を多少和らげることができるのではと……」

「言いたいことはわかるけど、危険すぎる。今回の騒動で、街道の治安は悪くなっている」

ほんとうは、私の意見を却下したかったのだろう。

だけど、ベルリフォート様は少し考え込むように沈黙してから——呟くように言った。

「神殿を巡るにしても、もう少し待って」

「…………はい」

本心を言うなら、聖女である私は城に留まっていてほしいのだと思う。彼の立場を思えば、私の提案は却下されて当然だ。

それでも彼は、頭ごなしに否定することはなかった。おそらく——私のことを、考えて。

私の気持ちを、汲んでくれたから。

それがすごく、嬉しい。嬉しくて、とん、と彼の肩に頭を預けた。

「ん？」

彼が、私を見る。

私はカップに手を伸ばして、両手で挟むようにして持ちながら彼に言った。

「好きだなぁ、と思いました」

「ん……んん？」

脈絡のない言葉に、彼が戸惑った様子を見せる。私は、ちら、と彼を見上げた。

「あなたのことが。……話を聞いてくださって、ありがとうございます」

私がお礼を言うと、彼は目を軽く見開いて——それから微笑みを浮かべた。

「きみは、聖女である以前に、僕の好きなひとだから。母に、好きな相手にはひと一倍優しくしろと……相手の身になって考えろ、とよく言われた。今思えば、あのひとこそ、そうしてほしかったのかもしれないけど……」

私は、彼の母、第二妃を思った。

「……素敵な、お母様ですね」

「気が強かったよ。レッサー公爵の妹だからね」

「……似ていらっしゃったのですね」

くすくすと笑いをこぼすと、額に口付けを受けた。驚いて、息を呑む。

目が合うと、宵闇のような紺青の瞳がジッと、私を射抜いた。彼の手が、私の頭を軽く撫でる。

「さすがに、彼女たちの前でくちびるを奪うことはできないな」

苦笑する彼に、私はじわじわと頬が熱を持つのを感じた。

「……突然、口付けをするのはやめてください。……心臓が、止まってしまいそうです」

「それは困るな。じゃあ、する前にうかがいを立てようか？」

「………………」

それはそれで、恥ずかしいような気がする。

結局私は彼の問いに答えられずに、隠すように彼の胸元に顔を埋めた。

第十章　求婚をもう一度

私は、冬が好きになった。ベルリフォート様の瞳の色を思わせるからだ。

彼の瞳は、真冬の泉の底を思わせるような色合いをしている。とても透き通っていて、澄んでいて美しい。

その冬が去り、春が訪れた。王城に降り積もった雪がゆっくりと解け始めた頃。

タザールの王との謁見は、国境の砦で行われることになった。

ベルリフォート様が今のフェランドゥールを不在にするわけにはいかず、隣国の王を情勢が不安定な王都に招くわけにもいかない、という判断からそうなった。

到着時刻は昼をだいぶ過ぎていた。遅い昼食をいただいてから謁見に臨むこととなる。

空は既に茜色がかっており、砦内にはランタンの火が灯された。

タザールの王は、ずいぶん年老いていたが、その威厳は損なわれていなかった。

鋭い目で、見定めるように私を見つめていた。

その重たい視線は、私の足に鉛をつけたような感覚を呼び起こした。

国境の砦は、フェランドゥール側にフェランドゥールの兵を、タザール側にタザールの兵が列を成している。

ベルリフォート様とタザールの王が握手を交わした。もともとフェランドゥールとタザールは、不可侵の同盟を結んでいる。

王が、私に視線を向けた。

「そちらが、貴国の掌中の珠の聖女殿ですか」

「ええ。我が国は、聖女である彼女が在ってこそです」

「話によると、聖女様は未知の力を使うとか……。ひとつ、ここで見せていただけませんか」

タザールの王が、品定めをするような目で私を見た。

その言葉に、わずかな不快感を覚えた。このひとは、私の力を見世物として扱おうとしている。精霊たちの力は、彼らのものだ。私が好きに使えるものではない。彼らは必要に応じて、私を助けるためにその力を振るう。少なくとも、こんな風に見世物にされるためのものではない。

しかしここで断れば、角が立つ。

私は真っ直ぐにタザールの王を見て、笑みを浮かべた。

「……未知かはわかりませんが、陛下の興を満たす遊戯をお見せできるよう、努めます」

「…………」

王の眉が寄る。

精霊の力は、人間の好奇心のために振るわれるものではないと、正確に伝わったようでなによりだ。私はガーターベルトに挟んでいたそれを、するりと取り出した。

ベルリフォート様からいただいた、小型の銃。南の国で開発され、秘密裏にフェランドゥールに輸入されている。そこからさらに改良を重ねたものが、この銃だそうだ。

内乱を起こす際、有用だろうと彼は考えたようだった。

私は銃を手に取ると、くるりとベルリフォート様、タザールの王に背を向けた。

そして、テラスの両脇——天井から吊るされたランタンを狙って、撃つ。

ダン、ダン！　と二発の銃声が砦内に響いた。ついでに、パリン、と硝子の割れる音。激しい破壊音とともに、軽くない衝動がびりびりと手に伝わってくる。

痺れたような手の感覚には気付かれないように、タザール王へ振り返ってみせた。

「いかがでしょうか？　女が銃を持ち、離れた場所のランタンを撃ち抜く様子は……陛下も、初めてご覧になられたのではないでしょうか」

「——」

王が、目を見開く。その脇を囲むタザールの騎士が、突然発砲した私の無作法ぶりに憤慨している様子が見えた。今にも、抜剣しかねない様子だ。砦内での発砲を聞きつけた二国の騎士が慌てた様子で駆けつけてくる。

「陛下！　いかがなさいましたか！」

「今の銃声はいったい……!?」

かなりの大ごとになってしまった。

こうなることを予期していたとはいえ、ベルリフォート様に申し訳ない。そう思ってちらりと視線を向けると、彼は薄い笑みを口元に浮かべていた。注意してみなければわからないほど薄く。

「フェランドゥールの聖女様が発砲されたのですか⁉　いったいこれは何事ですか！」

「陛下の御前で、なんという……！」

いきり立つ自国の騎士を、タザール王は片手を上げて黙らせた。そして、蓄えた顎髭をゆっくりとなぞりながら、私を見つめた。

その視線には、先ほどまでのような品定めする様子はなく、どこかおもしろがるような色があった。

「よい。私が示してみせよと言ったのだ。……聖女殿。私は貴女の力を見せていただきたいと言いましたが、それが貴女の力ですか？」

「……未知の力は、また別です。しかしそれは、私もまた、おいそれと使っていいものではありません。人智を超えた力は、安易に振るってはならないものだと、私自身、己を戒《いまし》めております」

「それはなぜでしょうか？　人間には手も足も出ない、天変地異を操る力だとお聞きしております。そのお力があれば、世界征服も可能なのではないですか？」

……なるほど。彼は、それが聞きたかったのだろう。おそらく、私が精霊の力を使ってタザールを侵攻しないか。彼はそれを知ろうとしている。

私は、銃をガーターベルトにふたたび差し込むと、王の問いかけに答えた。

「……仰る通り、精霊の力というのは人の理を超えた威力を発揮します。彼らが本気を出せば、国など簡単に滅ぶ。私はそれを、今回の件で強く自覚しました。……ですが、彼らはそれをしない。なぜだと思われますか」

「聖女殿が命じないからですか？」

「――違います。彼らは、ひとを愛しているからです。彼らは、意味もなく国を焼き、ひとを虐げようとはしません。精霊たちは、素直で、優しく、時に傷つきやすい――幼子のような心を持つ子たちです。だからこそ、聖女は、自身のためにこの力を使ってはならないのだと私は思っています」

「ふむ……」

タザールの王は、ふたたび考え込むように沈黙した。それから少しして、また私に尋ねる。

「貴女が武器を手に取ったのは、自分のために使いたいからですか？」

「どうでしょう。ですが、少なくともこの子たちに頼りきらずに済むと思っています。……私は、人間ですから。人間は人間らしく、ひとの叡智を頼ります。……私は、この子たちの優しさを搾取するような真似はしたくないと思っております」

「ふーむ……。なるほど。ひとまず貴女には、他国を侵攻する気はないと、そう受け取ってよろしいかな」

「私もそうですが、この子たちもまた、同様に望んでいません」

ふわふわと揺れる四色の光を見る。

《そうね。私たち、必要のないことはしないもの》

答えたのは、ネモだった。

その言葉に、私は笑みを浮かべた。

「あなた方が同盟を違えなければ、私はただ、国のために祈る日々を続けるでしょう。私は、国の安寧のためにいるのですから」

聖女は、国の結界を守るために存在している。

一度城の結界が破られたために、フェランドゥールは今とても脆い状態だ。

城の結界を盤石なものにするためにも、私は祈りを捧げる必要がある。

タザールの王を見つめてはっきりと自身の意思を伝えると、彼は目を細めて私を見た――後、ベルリフォート様に向き直った。

「ずいぶん、ご立派な聖女殿ですな。これは手強い。とても、二十にならない女性とは思えない。……いやはや、ベルリフォート国王。我が甥孫が大変な失礼を仕出かしたようで申し訳ない」

タザールの王が言う。

そのひと言で、隣国タザールは、シドゥンゲリアの処刑に抗議しないことが決定した。

ベルリフォート様が、口元に笑みを浮かべて答える。

「ええ。彼女が聖女であることは、我が国の誇りです」


城の結界が張り直されてから、私はベルリフォート様に銃の使い方を教わっていた。

持ち方、姿勢、衝撃を和らげる方法。

初めて触れた武器は、重たくて、引き金を引くと強い衝撃が私を襲った。なかなか的に的中せず、最初は銃弾を放った衝撃でひっくり返ることも少なくなかった。

それでも、祈りの時間の間を縫って彼に教わって——半年が経つ頃には、命中率は低いものの的に当たるようにはなった。

今回のタザールの王への謁見に、銃を携帯したいと言い出したのは私だった。

『きっと、タザールの王は私の力を気にすると思うんです。……私の力がどのようなものか知りたいと思っている。地続きの国の王なら、当然の考えです』

その日も、私は彼と地下の練習場で銃の練習をしていた。もう、姿勢を注意されることはなかった。もともと鍛えてこなかった私は、体幹が非常に弱い。銃を放った時の衝撃で体勢を崩す可能性があるので、引き金を引く時は、足に力を入れる必要がある。それでいて、肩の力は抜く。肩に不必要な力が入っていると、的に当たらないからだ。腰を引いて、腕は真っ直ぐに。とにかく足に力を入れる。片足は半歩前に出して、前を見据える。

手は動かさない。

銃弾を装填しながら彼に言うと、ベルリフォート様は私を見ながら答えた。

『謁見に銃を取り出すとなると、相応の騒ぎにはなりそうだけど……。なにか考えがあるんだね？』

彼は、確信を持ったように尋ねた。

私は弾倉に銃弾を装填し終えると、それを持ったまま彼に答えた。

『……万が一の話です。ただ、聖女の力を見せろ、と言われた際、私はこれを使おうと思います』

『……わかった。きみの銃の携帯を許可する。老齢の王の常識をぶち壊してやるといい』

彼が、楽しげな瞳を向けて言った。

そして私は彼の許可を得て、ガーターベルトに銃を仕込み砦に向かった。

こうして、無事、タザールの王との謁見も終わった。

馬車の中で、今さらながら緊張が襲いかかってくる。非礼があってはいけないと思っていたけれど、結構なことを言ってしまったような気がする。国交に纏わる話し合いだったのに、妙に首を突っ込んでしまったような。

いやでも、先に話しかけてきたのはタザールの王だ。

（ランタンを撃ち抜いたのはやりすぎたかしら……）

考えていると、ベルリフォート様に名を呼ばれた。

「ミュライア」

「は……はい？」

「ここからなら、スターチスの神殿が近い。少しだけ、寄り道して帰ろうか」

彼が窓の外に視線を投げて言う。

フェランドゥールの東南に位置するスターチスの神殿は、確かに国境からほど近い。

神殿を巡りたいと考えていたところだ。頷いて答えると、彼もまた、笑みを返した。

「フェランドゥールを守る三つの神殿、アマランサス、スターチス、コスモス。その三つの花言葉はそれぞれ、不滅、永久不変、調和、だったね」

花の国、フェランドゥールの王らしく、彼は三つの神殿に咲く花の花言葉を把握しているようだった。

彼は、また窓の外に視線を向ける。遠くの、神殿を思うような瞳だった。

「その花言葉があったから、女神はその花を我々に与えたのか。それとも、国を守る花だから、その花言葉ができたのか――。定かではないけれど、僕は、薔薇の花は、きみにこそふさわしいと思うんだ」

「え……？」

彼の言葉に目を瞬いた。薔薇は、フェランドゥールの国花だ。

愛と美の女神の誕生とともに生まれた花。その花は、誰よりもフェランドゥールの王であるベルリフォート様が似合うと思っていたけれど――。視線の先で、彼がまた、にこりと私に笑って答えた。

「城に植えられた薔薇の種は、きみが作ったんでしょう。愛の花を生み出すのに必要なのは、ひとを想う心。きみは僕を想う気持ちをもって、あの花を作った。……そうだね？」

「……はい。あなたへの気持ちがあったから、私は薔薇の種を作り出せました。あなたが、私に授けてくれたものです」

ベルリフォート様が微かに笑い、腰を上げる。

そして、私の隣に座った。

「薔薇は愛の花だ。そしてきみは、その愛の花の種を生み出した。そして、いつか花を咲かせるのでしょう」

「そう……なるよう、努めたいと思います。まだ、芽しか出ていませんが」

「きっと咲くよ、また。あの花園で、咲き誇る」

彼が確信を持ったように言って、私の髪の先をすくい上げた。私の髪は、また伸びた。腹部あたりまで伸びて、もう髪を切る前とそう変わらない。

ラベンダー色の髪をひと束持ち上げて、毛先に口付けを落とした。

前に、彼が跪いて私に求婚した時、ネモが絵になると言っていたのを思い出す。

今の仕草も様になる。さすが、生まれながらの王子様だ。他の男《ひと》がやれば気取って見えるのに、彼に至ってはとても自然なものに見える。

内心感心していると、彼がいたずらっぽく笑う。

どうやら、私がよそ事を考えていたのに気が付いたようだった。

「どうしたの?」

「……さすが、王子様だな、と思いました」

「もう王だけどね。でもきみに褒められるのはいいものだ」

少し楽しそうに言うと、彼がまた窓の外に視線を投げた。もう、スターチスの神殿はすぐそこだ。

御者が馬車を止めて、ベルリフォート様の手を借りて下車する。

そのまま、彼のエスコートで神殿へと向かった。

以前は、ここでエライザ様と会ったのだっけ。もう半年以上が経過している。

つい最近のことのように思えるけれど、時間が過ぎるのはあっという間だ。

神殿長に挨拶をして、最奥の泉へと向かった。スターチスの花畑は、あの日見たように華やかに咲き誇っている。風が吹くたびに、花の柔らかな香りが鼻腔をくすぐった。

「ここは、いつ来ても満開に花を咲かせているんだね」

「正しく、女神の与えた花、ですね」

王城の花も、いつも咲き誇っていた。

季節を問わず、春も、夏も、秋も、冬も。

一面に咲く花は、ラベンダーにもよく似ていた。時折吹く風に揺られるスターチスをジッと見つめていると、不意に彼が私のそばに膝をついた。

「……ベルリフォート様？」

彼が、膝をついたまま、私の手を取った。

「ほんとうはね。城の花園の前が望ましかったんだけど、まだまだ時間がかかるみたいだから」

彼が、跪いたまま私を見上げた。

そして、瞳を細める。

「ミュライア……どうか僕と結婚してほしい」

驚きに息を呑む。

あの日の、やり直しだとすぐにわかった。

あの日、一年ぶりに再会を果たした時、彼はリオンの街のすぐそばの山の麓で、今みたいに跪いた。

そして、私に求婚したのだ。

あの時、私は驚いて答えられなかった。

思えば、彼の求婚には答えていない。

私の気持ちは伝えたけれど——あの時の言葉は、宙に浮いている状態だ。

ベルリフォート様が私の手を取って、手の甲にキスをする。

そして、白金のまつ毛を伏せて彼は言った。

「僕は……王として、ひとりの人間として、まだまだ未熟だ。学ぶことも多いと思う」

「………」

私は、静かに彼の言葉を聞く。

彼は、流れるように言葉を紡いだ。

「フェランドゥールという国を育て、国が揺るぎない強さが得られるまで、きっと長い時間がかかると思う。……僕は、生涯をこの国に捧げる」

「……はい」

「だから、きみにはそばにいてほしい。僕のそばで、ともに立ってほしい。同じ場所で、同じ光景を見たいと思っている。……僕は、僕の困難に、きみを巻き込む。それをわかっていながら、僕はきみとともにいたいと願う。……欲をかきすぎだという自覚はある。それでも、諦められない」

「私を、ですか？　それとも、この国を？」

「……どちらも、かな。僕はどちらも守りたい。きみも、この国も」

私は、ジッとベルリフォート様を見た。

真っ直ぐ私に向けられている彼の瞳は、澄んでいる。真摯な瞳だ、と思った。

夜明けを知らせるような、暁の空。まだ、星が、月が、隠れきらない、青を残した空の色。

彼の瞳は、それによく似ている。

私は、そっとその場に膝をついた。

跪く、彼の前に私もまた、膝をつく。

「……よかったです。また、国を出ろと言われたらどうしようかと思いました」

「そう言っていたら、きみはどうしていた？」

「怒っていました。しばらく、口を利いていなかったと思います」

「それは嫌だな。口にせずよかった」

「……あなたは今も、私を外に逃がしたいですか？」

聖女の役割から解放して、他国で過ごしていてほしい、と願うだろうか。

うかがうように下から覗き込むと、彼がふ、と柔らかく笑った。私が好きになった、陽だまりのような笑みだ。

「それはもう、無理だな。もう、きみを手放すことは考えられない。……なにより、ともにいてほしいと思う。一緒にいてほしい。……僕は、きみに守られていてほしいと思うけど、きみはそれをよしとしないでしょう」

「……そうですね。ただ、守られるだけでは——いざという時、なにも動けませんから」

戦うことを忘れてしまえば、きっと戦い方すら失念してしまう。

だから、私は戦いに備えておきたいと思う。私の願う、強さを得るために。

彼を守れる程度には私も力が欲しいと、そう願ったから。

「私を助けてください。そして私もあなたを助けたいと思っています。……私たちは、相互扶助の関係なのでしょう?」

彼が以前言った言葉を持ち出すと、彼もまた、笑みを浮かべた。そのまま互いに、どちらからともなくクスクスと笑いをこぼす。

私はそっと、彼の額に額をこつり、と合わせた。

「……あなたの求婚、お受けします」

至近距離で、視線が絡む。

私はジッと彼の瞳を見つめて、答えた。

「末永く、よろしくお願いします」

「……こちらこそ」

彼は答えると、不意に立ち上がった。

そのまま、私の腰を抱き上げる。

「きゃっ……!?」

「よかった。振られたらどうしようかと」

突然のことに驚いて、彼の首元に手を回す。

きらきらと、太陽の光が彼の白金の髪を眩く照らした。光の粉が舞うような煌めきがあった。

「……私の気持ちは、お伝えしていたと思います」

「それでも、不安だった。きみに言葉をもらうまでは」

「ベルリフォート様は、私がどれほどあなたを好きなのか……知らないのですね」

私は、あなたにたくさんの光をもらったのに。

あなたがいたから、私は今、ここにいるのに。

ベルリフォート様は、私にとって正しく光のようなひと。

私は彼に抱き上げられているために、彼より少し高い位置から、ベルリフォート様を見た。

「……愛しています。誰よりも。なによりも」

気恥ずかしかったけれど、明確に言葉にする。

はっきり言うと、彼がわずかに目を見開いて——照れたように視線を外した。

「……ほんとうに、困ったな。僕の婚約者が、こんなにもカッコいい」

「ベルリフォート様も、カッコいいですよ」

「そうかな……。きみにそう思ってもらえるよう、僕も励むよ」

彼が困ったように笑い、私の頬に口付けを落とした。それがくすぐったくて、首を竦める。

視線が絡んで、どちらからともなく、キスをした。

「……僕も、きみを愛してる。きみは、僕のすべてだ」

太陽の光が、きらきらと差し込んだ。

そのあたたかい日差しを受けながら——また、くすくすと笑い合った。


その秋、冬に入る前に——私と、彼の婚約が正式に発表された。

王城の花園を完全に以前の状態に戻すには、相当な時間がかかると精霊たちは言った。

それでも、私は日々祈る。

フェランドゥールのために。

そして、愛するひとのために。

後日談　精霊たちの祝福と、未来。

ふわり、と初夏の香りがするようになった。

去年の今頃は、神殿巡りに奔走していたことを思い出す。一年はあっという間だ。

その日、私とベルリフォート様は互いの公務を縫って作った時間で、王城の花園を歩いていた。

この花園は、私にとっても、フェランドゥールという国にとっても、とても大切な場所だ。

色とりどりの花々は失われ、花壇にはちいさな芽が出ているだけ。色彩には乏しいがそれでも澄み渡る空は、いつかの春の日のようにあたたかく爽やかだ。

ゆったりと歩きながらふと、ベルリフォート様が尋ねてきた。

「そういえば、精霊たちは今もきみのそばにいるの？」

私は、彼の言葉にぱちくりと目を見開いた。

そして、ハッと慌てて首を振る。

「いえ。実は、あの子たち、すごく気を使っているみたいなんです。私とベルリフォート様が一緒にいる時はいつも離れていて……」

「そうなんだ。呼び戻すことはできる？」

彼の言葉に、また私は目を丸くした。

思わず足を止めると、隣を歩いていた彼も一緒に、足を止めた。

ベルリフォート様が私を振り返って、笑みを浮かべた。

「精霊たちは、きみにとって家族……みたいなものなんだよね。それなら僕も、挨拶がしたい。きみと、結婚する前に。彼らは、ミュライアの大切な存在なんでしょう？」

その言葉に、私はじわじわと頬が熱を持つのを感じた。

遠く離れている精霊たちに、私が呼びかけたことはあまりない。

なぜなら、彼らはいつも私と一緒にいるからだ。精霊たちが私から離れるのはベルリフォート様が一緒にいる時だけで、それ以外はいつもともにいる。

きっと呼びかければ声は届くだろう。

私は、そっと心の中で彼らに囁きかけた。

ほどなくして、四色の光がふわふわとやってくるのが見えた。ホッとする。どうやら、心の声は届いたようだった。

《なにかあったの？》

心配そうに言うのは、ネモだ。

私は、精霊たちとベルリフォート様を交互に見た。ベルリフォート様は、私の視線で精霊たちが戻ってきたのを察したのだろう。柔らかな笑みはそのままに、頷いて答えた。

それで、私は精霊たちに話しかける。

「ベルリフォート様がね、あなたたちに挨拶をしたい、って」

《私たちに……？》

戸惑った声をあげたのは、ルクレ。

（そうよね……。今まで、精霊たちと話したい、なんて言うひとはいなかったし）

そもそも、精霊の存在を明かしていないのでそう願い出る人間がいなかったのは当然だ。

それに、精霊たちは私以外の人間には見えない。会話は不可能なため、話したい、と言ってもどうやって？という疑問が湧いたのだと思う。

私がふたたび口を開こうとしたところで、ベルリフォート様が先に言った。

「こんにちは。精霊――いや、ミュライアの友人たち。僕は、ただのひとできみたちを見ることはできないけど、こうして話してみたい、とは思っていた」

《…………》

精霊たちは、みな無言だった。

今まで、ひと言ふた言、私が精霊たちの言葉をベルリフォート様に伝えたことはあったけれど、こうしてしっかり話すのは初めてだ。初めてのことに、私も内心オロオロしてしまう。

お調子者のビビですら、無言だ。

彼らが警戒しているのが、肌から伝わってきた。

ベルリフォート様のことは、彼らも十分認めていて、信頼しているものと思っていたが、やはり精霊に直接コンタクトを取ろうとするのは怪しまれてしまうか。

フェランドゥールの歴史は長く、その中でも聖女や精霊といった存在を利用する人間は過去にいくらでもいたことだろう。その過去があるからこそ、彼らは警戒しているのかもしれない。

ベルリフォート様は、私に精霊たちの様子を尋ねることなく、静かに、自分の話を始めた。

「……色々、話したいこと、聞きたいことはたくさんある。それこそ、フェランドゥールの王として知っておきたいことから、個人的な興味によるものまで。でも、今はひとまず——きみたちに、お礼を言いたい」

《お礼……？》

ぽつり、ルクレが呟く。

ベルリフォート様は、彼女の声など聞こえていないはずなのに、まるで聞こえているかのように頷いてみせた。

そして、顔を上げると私に尋ねた。

「ミュライア。精霊たちは今どの辺にいる？」

「……この辺です」

私はそっと、ルクレやビビが浮遊する辺りを指し示す。

彼は、その方向を見ると、真っ直ぐにそこを見つめた。彼にはなにも見えていないはずなのに。まるで、彼にも精霊たちの姿が見えているかのように――力強い瞳を向けた。

彼は一見、とても冷たげな容姿をしているのに、話し方や仕草が柔らかいためか、話している時はあまりそう感じることはない。

しかし、だからこそ、こうして沈黙を保っていると途端、相手を萎縮させるような威圧感を帯びる。妙な緊張感すら帯びた空気の中で、彼がふわり、と笑った。

雪解けだ、と思った。

それを思ったのは私だけではなかったのだろう。色を帯びた光しか見えない私ではあるが、精霊たちも張り詰めた緊張を解いたのを感じた。

「ミュライアを助けてくれて……いや、一緒にいてくれて、ありがとう。きみたちが一緒にいてくれて、きっと彼女はすごく救われていたはずだ。僕が、彼女のそばにいられない時も、一緒にいてくれたんでしょう？　だから、お礼を言いたい。僕は、ひとからの悪意や害意から、彼女を守ると誓っている。でもそれは、今後に限った話で、過去のことはどうにもできない。過去、彼女のそばにともにいてくれたのは、きみたちだ」

「――――」

驚いたのは、私だけではない。

ビビも、ルクレも、ネモも、ジレも。

驚いたように、動きを止めてしまった。精霊たちと私。石のように固まっていると、ベルリフォート様がさらに言葉を続けた。
「だからこそ、きみたちに許しを乞いたい。ミュライアの実の両親ではなく、きみたちに。……僕たちの、結婚の許しを」
「ベルリフォート様……!?」
私と、ベルリフォート様は婚約関係にある。
今さら、結婚の許しの話を――それも、彼らにするとは思わなかった。精霊たちも、困惑した様子を見せた。
《ゆ、許し？　許しって言っても……》
《え？　だって結婚するんじゃないの？　ねえ？　ミュライア？》
尋ねたのはジレだ。私も聞きたい。
結婚するんじゃなかったの？　既に婚約関係にあるのに？　頭に疑問符がたくさん浮かび上がっては、消える。
その中で、ネモがきっぱりと言った。
《ばかね。ベルリフォートは……結婚前に、私たちに話したかったんでしょ。……ミュライアを、大事に思ってるから》
《……そっか。それなら、私たちもちゃんと、応えなくちゃいけないわね》
続いたのは、ジレの声。

彼女たちは思い出したようにくるくる揺れると、不意に頭上高くに飛んでいった。驚いて四色の光を追って顔を上げると——その時。

ぱしゃん、と水が弾けるような音を聞いた。

そして、頭上からなにかがふわふわと降ってくる。思わず視線を向ければ、それは光を纏った羽だった。

——まるで、天使の羽みたい。

そう思ったのは、私だけではなかったようだ。ベルリフォート様もまた、少し驚いたように顔を上げていた。

それで私は、この光景は、私だけでなく彼にも見えているのだと知った。

「これは……精霊たちの力？」

彼が呟くようにして、降ってきた羽に手を伸ばす。しかしそれは、触れたと同時にふわりとどこへともなく消えていった。

羽だけでなく、しゃぼん玉のような透明な光が大小問わずいくつも揺れていた。

それは太陽の光を反射して、きらきらと虹色に輝いている。

初夏を迎えた日差しの下、虹色に煌めくしゃぼん玉と、黄金みを帯びた羽がふわりふわりと揺れている。足元もきらきらと輝いているようで、神秘的で、幻想的な光景だ。絵画の世界に飛び込んだようだ、と思った。

「ミュライア」

ベルリフォート様に声をかけられて、手を握られた。彼を見ると、彼が私を見て、微笑みを浮かべたまま空を見上げる。

私もともに視線を空に向ければ――。

「わっ……！」

そこには、二重の虹がかかっていた。

青い空に、七色の虹。その端は遠くの山間部にかかっている。色の濃い虹の少し上に、薄い虹がかかる。太陽の光にきらきらと照らされて、空は、どこまでも青い。

清々しくて、爽やかで、なんだか――同じくらい、胸に迫るものがあった。

なぜだろう。少し、涙が滲んだ。

その時、柔らかな声が聞こえた。

《幸せになってね》

それは、ネモの声であったようにも感じたし、ビビの声でもあったように感じた。ルクレの声のようにも思えたし、ジレの声のようにも思えた。

柔らかくて、あたたかくて、胸にそっと入り込んでくるような、そんな声。

ついに、涙が溢れた。ぽろり、と一度涙腺が決壊すると、もう止めることは難しかった。次から次に、涙が溢れてくる。

咄嗟に、ベルリフォート様と手を繋いでない方の手で目元を拭おうとすると、彼に手を引かれた。

「きゃ……！」

「幸せになろう、ミュライア。この国の……いや、世界の誰よりも」

ベルリフォート様の胸に飛び込むような形になった私に、彼が笑う。

少し驚いて顔を上げる。彼は、笑っていた。短くなった、顎で切り揃えた髪を揺らして彼が笑う。幸せそうに、嬉しそうに。

それがまた、幸せだ、と感じた。

いつもそばにいてくれる精霊たちが、今は見えない。

気を遣ってふたりきりにさせてくれたのだろう。彼らの気遣いに胸がくすぐったくなる。

「今の……聞こえたんですか？」

「声だけね。……あれが、きみのお友達の声？」

「そう……かもしれないです。精霊たちは四人いるから……」

精霊を【ひと】扱いしていいのかはわからないが、それ以外彼らをどう数えればいいのかわからなかった。彼は、私の言葉を聞いてくすくす笑う。私を抱きとめたまま。

「僕にも聞こえるように力を使ってくれた？」

「そうだと思います。……応えなきゃ、って言っていたから」

「僕は、認めてもらえたのかな」

「……きっと。ありがとうございます、ベルリフォート様。……すごく、すごく、嬉しいです」

私にとって、精霊たちはとても、とても、大事な存在だ。彼らは、私の家族であり、友達であり、先生でもあった。生まれた時から、物心ついた時から、私は彼らとともにいた。誰よりもずっと、一緒にいた。

そんな彼らを、ベルリフォート様が同じように大切にしてくれたことが……とても、嬉しかった。

また、涙が溢れた。泣き虫なのは、変わらないようだ。泣いてはいけないのに。

そう思うのに、こぼれる熱は止まらない。ベルリフォート様は、少し長くなった私の髪を撫でるようにして、ふと言った。

「初めてきみに会ったのも、この花園だった」

思い出すような、記憶を辿るような。

柔らかな声だった。彼の声が好きだ。その、手が好きだ。眼差しが好きだ。

……私、ベルリフォート様を、愛している。

「きみは、兎みたいに目を赤くして……泣いていて」

「……そしたら、ベルリフォート様が声をかけてくれたんですよね」

「迷子？　って」

私と、彼の声が被る。ふたりして同じ言葉を言ったことに、シンクロしたことにまたふたりで声をあげて笑った。幸せで、あたたかくて、柔らかな時間だ。春の陽だまりのような、そんな優しい時間。

「私、あなたに出会えてよかった。……あの、春の日の出会いに感謝ですね。初めてお城に来た私はすぐに迷子になって……。絶望して、悲しくて仕方なかった。だけどあれが、私たちの出会いになった」

「……たとえ僕は、あの日に出会っていなかったとしてもきっときみを見つけていたよ。それで、足掻いたと思う。……今みたいにね」

彼は、あの出会いがなくても今に辿り着いていたと言う。その言葉が嬉しくて、私はぐいぐい彼の胸元に額を押しつけた。

王となった彼は、なにかと忙しい。自由になる時間もあまりないはずだ。ほんとうなら、早く解放しなければいけないのだけれど——。

もう少し。もう少しだけ。

自分にそう言い訳をして、私は彼に甘えることにした。

(だって、今日だって一週間ぶりに顔を合わせたのだし……)

ゆっくり話す時間を作れたのは、数週間ぶり。互いに多忙だとはいえ、わずかに作れた恋人との時間くらい、ゆっくり過ごしたかった。

「ジレは」

「ん？」

彼の、私の髪を撫でる手が止まる。

それで、私は顔を上げた。思ったよりも距離が近くて心臓が変な跳ね方をしたけれど、離れたいとは思わなかった。

私は、じっと彼の瞳を見つめた。

彼の瞳はとても冷たそうに見えるのに、今はとてもあたたかな色を帯びている。

それは、彼が私を想ってくれているからだと――今の私は、知っている。

「ジレは、姉のような存在なんです。優しくて、しっかりしてる。ネモは、双子の姉妹のような存在で。ルクレは、お洒落が好きなお姉さんという感じで……ビビはそんなルクレによく怒られて、喧嘩していますう」

「ビビ……。あ、いたずらっ子で人懐っこい？」

なにかを思い出すようにして、彼が言う。

私はパッと顔を上げた。

「覚えてるの……？」

初めて会った時、私は彼に精霊を触らせたことがある。触る、といっても精霊のいるところに誘導して、彼がその部分に触れる、というもの。精霊には実態がないから、直接触ることはできない。

私の言葉に、ベルリフォート様がまた笑みを浮かべた。

「きみの言葉は、すべて覚えてる。我ながら自分でもどうかと思うんだけど……やっぱりちょっと怖いかな……」

彼が困ったように言う。怖いはずがない。

「全然！　……嬉しい、です」

そして、それが精霊に纏わるものなら、なおさら。

私はまた、ベルリフォート様の背に手を回して抱きつくと、その体勢のまま精霊たちの話をした。

城下町で、ビビがメレンゲ菓子に興味津々だったこと。

ジレは、リンゴをいたく気に入っていたこと。

ネモは、チョコレートに。ルクレは街ゆくひとの服装に、目を奪われていた。

私の話をうんうんと聞く彼は、やっぱり優しい。彼には、精霊たちは見えないのに私の話を大切に聞いてくれる。

「……精霊たちも、食事をするんだ？」

「食事はしません。でも……気を摂るんですって。なくても問題ないようだけど、嗜好品みたいなものだって言っていました」

そして彼らは、無断で食事を摂ることはしない。

私とともにいた時は、彼らも気詰まりな食事に美味しさを感じることはなかったらしく、好んで摂取している様子はなかった。

私の言葉に、ベルリフォート様は少し驚いたように「そうなんだ」と言った。

「じゃあ、今度から精霊たちにも食事を用意しようか？」

「でも、あの子たちは食べられないし……。無駄にしちゃうんじゃ……」

「その後僕が食べるよ。精霊たちが食べた後、味が落ちたりはするの？」

その言葉に、私は少し考えた。

城下町で口にしたものはすべて美味しかった。彼らが食事を摂ることで味が落ちるとは思わない。首を横に振ると、ベルリフォート様はシニカルに笑ってみせた。

「じゃあ、やっぱり用意しよう。精霊ってちいさいんだよね。ひと口サイズで構わないかな。えーと、ビビはメレンゲ菓子、ネモはチョコレート、ジレはリンゴ……だっけ。ルクレはなんの食べ物が好きかな」

この短い時間ですっかり覚えたらしい彼に、私は感心した。

ベルリフォート様は記憶力がいい。

私もまた、彼に微笑みを見せた。

「後で聞いてみます」

「そうして。明日から、昼はきみと食べられそうだ。精霊たちにも伝えておいてね」

ベルリフォート様は、精霊たちも一緒に食事を、と言ってくれているのだ。

……やっぱり、その気持ちが嬉しい。

ジレ、ビビ、ルクレ、ネモ。

（この話を伝えたらきっと喜ぶわ。楽しみ……）

早く明日のお昼にならないかと、既にうきうきしてしまう。浮かれているのはわかっているが、逸る心は抑えられない。

そのまま緩む顔をなんとか取り繕おうとしても、うまくいかない。ふにゃふにゃの、変な顔になってしまっているだろう。彼がふ、と笑った。

その青の瞳がわずかに細められる。

彼の白金の髪がそっと揺れる。

ふわり、触れた。

それは、ほんの一瞬だった。

「…………‼」

驚いて、驚きのあまり口付けられた額に触れる。ベルリフォート様は、笑っていた。にこにこ、という擬音がつきそうなほど、楽しげに。

「きみが、あまりにもかわいかったから」

「――‼」

彼は、あっさりとそんなことを言う。

慣れない私はそのたびに、恥ずかしいくらいに顔が赤くなる。

夏が、近いからだろうか。

顔が、とても熱い。

【完】

あとがき

お世話になっております、ごろごろみかん。です。

ベリーズファンタジーでは六作目の本作、いかがだったでしょうか。今回は、ざまぁメインで、というお話だったのでよくあるお話を、私好みに味つけしてみました。結構好き勝手に書きすぎてとんでもなくシリアスになってしまい、あっちを削ったり、こっちを修正したりと、担当様方には大変ご迷惑および苦労をかけてしまいました。

この場をお借りして平伏し、お礼と謝罪をお伝えします。

今作は、ヒロインの成長、気付き、といったものがひとつのテーマでした。煩雑な人間関係もそうです。

皆様、職場や学校生活で生きていてひとを区分するとき、《嫌い》《好き》の二択で分けられる方はそう多くないんじゃないかな、と思います。『あのひとは苦手だけど嫌いじゃない』、『腹が立つことはあるけど憎めないやつ』、『嫌いだけど同じくらい憧れている』……など、いろいろあるのではないでしょうか。今作では、ミュライアのエライザへの感情がそうでした。また、シドゥンゲリアへも同様で『嫌いだからといって破滅したら嬉しいか、と聞かれたらそれは違う』……というような感情です。

小説は架空の人物が織りなす物語ですが、彼らもひとりの人間で、それぞれ考えることがあり、行動原理がある、と思って本作を読んでいただけたら嬉しいです。

今回、イラストはウラシマ様に担当いただきました。美麗な表紙に腰が抜けるかと思いました。本当にありがとうございました。

最後となりますが、本作を手に取ってくださった方、担当様、関係者の皆様、全員に感謝を。

ありがとうございました。


ごろごろみかん。

捨てられ聖女は優雅に退場いたします
～国の破滅を選んだのは貴方たちです。後悔しても知りません～

2024年11月5日　初版第1刷発行

著　者　ごろごろみかん。

発行人　菊地修一

発行所　スターツ出版株式会社

〒104-0031　東京都中央区京橋1-3-1　八重洲口大栄ビル7F
TEL　03-6202-0386（出版マーケティンググループ）
TEL　050-5538-5679（書店様向けご注文専用ダイヤル）
URL　https://starts-pub.jp/

印刷所　大日本印刷株式会社

ISBN　978-4-8137-9381-6　C0093　Printed in Japan

［ごろごろみかん。先生へのファンレター宛先］
〒104-0031　東京都中央区京橋1-3-1　八重洲口大栄ビル7F
スターツ出版（株）　書籍編集部気付　ごろごろみかん。先生